1점 때문에

1점 때문에

이상권 장편소설

㈜자음과모음

〈 차례 〉

망했다, 과학탐구 시험

통합과학 시험이 끝났다. 어깨가 아프다. 아니, 온몸이 쑤신다. 아픈 곳에 손바닥이 닿을 때마다 딱딱한 돌멩이가 꿈틀거린다. 언제부턴지 채니 몸속에는 돌멩이가 살고 있다. 은연중에 한숨이 흘러나온다.

은솔이가 목 운동을 하면서 채니 책상 쪽으로 다가온다. 유난히도 곱슬곱슬한 머리, 그래서 잘 만지면 파마머리가 되어 가끔씩 선생님들이랑 실랑이를 벌이게 되는 은솔이 특유의 머리가 오늘따라 찰랑거린다. 은솔이는 머리를 흔들다가 채니를 슬그머니 곁눈질한다.

"오채니, 시험 잘 봤지?"

채니는 슬그머니 입술을 깨물었다가 풀면서 고개를 끄덕인다.

은솔이는 시험이 끝날 때마다 이런 식으로 채니를 탐색했다.

결코 순수한 눈빛이 아니다. 채니가 시험을 망쳐 절망에 빠져 있기를 바라는 음흉함이 숨겨져 있다.

반장 미담이도 채니 옆으로 다가왔다. 미담이의 눈빛은 순수하다. 쟤가 시험을 망쳤으면 좋겠어! 같은 불온한 감정 따위를 숨기고 있지 않다. 채니는 미담이의 경쟁자가 아니라는 뜻이다.

미담이는 채니를 보고 헷갈렸던 시험 문제에 대해 물었다.

"채니야, 4번 문제 정답이 뭐야?"

채니는 4번 문제의 내용이 잘 떠오르지 않아서 무슨 문제였냐고 되물었다.

"물리인데, 별의 탄생 과정과 진화에 대한⋯⋯."

미담이 말이 끝나기도 전에 은솔이가 나섰다.

"그건 3번이 정답인데."

"와, 맞았다! 3번이랑 5번을 놓고 고민하다가 찍은 건데⋯⋯."

미담이가 손뼉 치고 엉덩이까지 흔들며 춤을 추었다. 순간 채니 얼굴이 확 달아오른다. 이제야 기억난다. 별의 탄생과 진화에 대한 기초적인 이론을 묻는 문제였다. 채니는 정답이 5번이라고 적었다. 그렇다면 은솔이나 채니 둘 중 하나가 틀렸다는 거다.

미담이는 왜 5번이 아니고 3번이 정답이냐고 은솔에게 물었다. 은솔이는 손짓까지 해 가면서 제법 논리적으로 설명했다.

"아, 그렇구나! 은솔아, 고맙다!"

이내 미담이가 수긍했다. 채니는 침을 꼴깍 삼켰다. 듣고 보니 은솔이 이야기가 맞는 것 같다. 눈앞이 캄캄해진다. 과학탐구는 무조건 1등급을 확보해야 한다. 채니는 이미 수학에서 한 문제를 놓쳐 2등급을 받았다. 과학탐구마저 2등급이면 전체 성적이 1등급 안에 들어가기 어렵다.

"채니야, 별의 탄생에 대한 문제가 은근 헷갈리는 건 사실이야. 그치? 나도 하마터면 5번이라고 할 뻔했어. 근데 지문을 다시 확인하니까, 3번이 정답이더라고."

은솔이가 채니를 빤히 보면서 다시 말했다. 재수 없어! 순간적으로 그 말이 채니 입 안에서 소용돌이친다. 채니가 5번이라고 표기했다는 것을 알고서 일부러 하는 말 같다.

채니는 속마음을 들키지 않으려고 애써 웃는다.

"미담아, 다른 헷갈리는 건 없었어?"

"몇 문제 더 있는데…….4번 문제가 가장 헷갈렸어."

은솔이랑 미담이는 복도로 나가면서 계속 떠들었다. 특히 키가 작고 통통한 미담이 목소리가 크게 들린다. 미담이는 목소리를 내세워서 살아갈 수 있는 직업을 생각 중이라고 했다. 목소리로 살아가는 직업에는 가수, 아나운서, 성우 등이 있지만, 목소리 코치도 있다. 미담이는 타인의 이야기를 잘 들어주고 소통하며, 타인에게 도움 주는 걸 좋아하니까 그런 일이 딱 맞을 것이다.

채니는 더 빠르게 걸어서 그 목소리를 따돌린다.

화장실에서 나오자 복도에서 미담이가 핸드폰을 보고 있다가 손짓한다.

"채니야, 과탐 정답 나온 거 알지? 난 세 문제 틀렸어. 나쁘진 않지만 아쉽네. 내가 가장 잘하는 생명과학 문제만 틀렸거든."

채니는 그 말을 믿을 수 없었다. 지금까지 다른 과목은 시험이 끝나고 오후에 정답이 발표되었기 때문이다. 시험 문제 정답은 학년 카페에 공지된다.

채니는 일부러 교실과 반대쪽으로 걸어간다. 현관 복도가 나온다. 망설이지 않고 현관을 나간다. 왼쪽으로 가면 주차장이고, 오른쪽으로 가면 교문이다. 채니는 왼쪽으로 방향을 돌린다. 주차장 주위에 늙은 나무들이 작은 숲을 이루고 있다.

채니는 느티나무 아래로 가면서 핸드폰을 들었다. 제발, 제발, 제발, 하느님, 부처님, 5번이 정답이라고 해 주십시오. 그래야만 한다. 은솔이는 모든 과목이 만점이다. 과학탐구마저 은솔에게 밀리면 안 된다. 채니는 몇 번이나 중얼거리다가 그만 다리가 풀려 쪼그려 앉는다. 4번 문제의 정답은 5번이 아니다. 이게 뭐야? 뭔가 잘못되었어. 당장 물리 선생님한테 가서 확인하고 싶다. 종소리가 울리지 않았다면 당장 교무실로 달려갔을지도 모른다. 그만큼 충격이었다.

"채니야. 너 왜 그래? 어디 아파?"

채니는 놀란 눈빛으로 돌아다본다. 뒤에서 황민이 걸어온다. 황민도 우리 학교에 다니고 있구나! 전혀 몰랐다. 황민은 초등학교 때 친구다. 초등학교를 졸업한 뒤로 멀어졌는데, 막상 목소리를 듣자 그 시절로 돌아간 것 같다. 황민은 초등학교 때나 지금이나 키가 비슷하다. 이제는 채니가 한 뼘가량 크다.

채니는 엉거주춤 일어나서 황민을 본다.

"아니, 그냥 뭔가 생각하려고……."

엉겁결에 둘러댄 말이다. 황민은 수긍하는 눈빛이다.

"잘 지내지? 난 10반이야! 넌?"

"1반. 황민, 네가 우리 학교에 다니는 줄 몰랐어."

"그랬구나! 난 네가 우리 학교에 다닌다는 걸 알았는데. 그래서 한번 너 만나려고 했는데……. 그래도 우린 한때 친했잖아?"

우린 한때 친했잖아, 하는 말이 채니의 고막에서 몇 번이나 울린다. 이번에도 채니는 속마음을 들키지 않으려고 입을 꾹 다물었다가 억지로 "그래" 하고 고개를 끄덕인다.

"근데, 너 지금 얼굴이 너무 창백해. 어디 안 좋으면 보건실에 가 봐."

황민은 거기까지 말하고는 손을 흔들면서 돌아섰다. 왜 하필 이럴 때 황민을 만난 걸까. 괜히 황민이 미워지려고 한다. 황민도 1등급 레이스 경쟁자다. 저런 아이들이 사라져야만 채니 등급이 올라간다. 갑자기 그런 생각이 드는 순간, 너 참 못됐다고 채니는 자신을 타박했다. 이게 나만의 문제일까. 나만 이러는 걸까. 황민은 나를 보고 전혀 그런 생각을 하지 않을까. 진짜 확인하고 싶다.

황민 말처럼 진짜 웃으면서 만날 수 있을까. 채니는 자꾸만 한숨이 터져 나온다.

아무튼 망했다. 적어도 과학탐구는 수학보다 더 자신 있었다. 그래선지 4번 문제 정답이 3번이라는 사실을 더욱 받아들일 수 없다.

갑자기 카톡 도착을 알리는 진동이 울렸다. 학원 원장님이자 과학탐구를 가르치는 홍응주 선생님이다.

응주 샘: 채니야. 과탐 시험 끝났지? 정답 나왔니?

홍응주 선생님은 시험 기간 내내 이렇게 카톡을 보내왔다. 그만큼 채니를 신경 쓰고 있다고 강조하듯이. 채니랑 소통이 끝나면, 곧바로 어머니한테 연락할 것이다. 그때마다 어머니는 이렇게 자상하게 신경 써 주는 홍응주 선생님에게 감사하다는 말을 끝도 없이 내뱉을 것이다.

응주 샘: 과탐은 네가 가장 잘하는 과목이니까 걱정은 안 된다만…….

환장하겠다. 이럴 땐 뭐라고 말해야 하는지 누가 좀 가르쳐줬으면 좋겠다. 수학에서 한 문제를 실수한 뒤 홍응주 선생님은 채니를 더욱 다그쳤다. 앞으로 남은 시험에서는 절대 실수가 있어서는 안 된다는 점을 강조하면서.

과탐과 수학이 2등급이라면 1등급하고는 한참 멀어지게 된다. 홍웅주 선생님은 1.4등급이 마지노선이라고 했다. 대치동 학원에서는 의대 수시 지원 커트라인이 1.2등급이라고 했으니까, 사실 1.4등급도 불안한 등급이다. 그런데 1등급 밖으로 밀려나게 생겼으니, 머리가 까매지는 것은 당연한 일이다.

아! 망했다. 진짜 물리 때문에 망했다.

과학탐구 4번 문제에 대한 민원

채니는 학원 사거리 앞에서 걸음을 멈춘다. 학원 사거리라는 말은 공식 명칭이 아니다. 그래도 택시 기사를 비롯하여 이 지역 사람들은 학원 사거리라고 하면 정확하게 이곳을 떠올린다. 그만큼 많은 학원들이 자리 잡은 곳이다.

사거리 가장 높은 건물에 대형 전광판이 붙어 있다. 오늘은 아이돌 출신 여자 가수가 화장품을 바르고 있다. 그 가수가 부럽다. 채니도 그 가수처럼 성공하여 갈채를 받으면서 살고 싶다.

채니는 그 건물로 타박타박 걸어간다. 무거운 몸이 어느 순간 텅 비어 버린 느낌이다. 은연중에 뒤돌아본다. 자기 그림자가 무사한지 확인하고 싶다. 요즘 들어 그런 현상이 자주 나타난다. 언제부턴지 몰라도 하루하루가 꿈꾸는 기분이다. 아니, 다른 세상에 와 있는 기분이다. 만약 죽어서 영혼들만이 사는 세상으로 간다면 이런 느낌일까.

자꾸만 고개를 흔들어 댄다. 한번 그런 생각에 빠져들면 끝이 없다. 블랙홀은 저 우주에 있는 게 아니라 채니 몸속에 있는지도 모른다.

응주 샘: 채니야! 곧장 학원으로 와라. 샘이랑 상담 좀 하자.

채니가 과학탐구 시험을 망쳤다고 하자, 홍응주 선생님은 곧장 그런 카톡을 보내왔다. 사실 채니는 갈 곳이 없었다. 다른 친구들은 시험이 끝났다고 여기저기 몰려가지만, 채니는 그럴 기분이 아니다. 자꾸만 세상 끝에 서 있는 기분이다. 걸을 때마다 묘한 외로움이 온몸을 흔들었다. 채니는 땅만 보고 걸어간다. 신호등을 확인하지도 않고 건널목을 지나쳤다. 아! 망했다! 과탐 때문에 진짜 망했다구! 그 말만 끝없이 중얼거렸다.

차들이 요란하게 경적을 울렸다. 운전자들이 차 창문을 열고 욕설을 퍼부었다.

"야, 뒤지려고 환장했어!"

그러거나 말거나 신경 쓰지 않았다. 그냥 걸었다. 만약 걷지 않으면, 정말로 영혼이 몸에서 떠나 버릴 것만 같았으니까.

대형 전광판이 기생하는 빌딩에 '대학 맞춤 학원'이 있다. 학원은 건물에다 따로 간판을 붙이지 않았다. 채니는 그 이유가 궁금해 맨 처음 학원에 왔을 때 그것부터 물었다. 그러자 상담실장이라는 분이 웃으면서, 한마디 했다.

"촌스러우니까!"

그 말에는 자신감과 오만함이 함께 섞여 있었다. 깊은 골짜기에 있는 식당도 음식만 맛있으면 다 알아서 찾아간다는 말을 덧붙이고는, 학원도 그와 비슷한 경우이지 않느냐고 되물었다.

하지만 채니는 그들이 진짜 촌스러운 게 뭔지 모른다고 비웃었다. 건물 안으로 들어가면 2층부터 5층까지 엘리베이터 좌우 측문에 대학 맞춤 학원이라는 글자가 크게 붙어 있다. 대학이라는 단어는 한자로 디자인되어 있고, 맞춤이라는 단어는 고딕으로 푸른색이다. 학원이라는 단어의 'ㅇ'은 '★'이다. 채니는 ★을 보는 순간 피식 웃음이 나왔다. 초딩 같다. 진짜 촌스럽다. 유치하다.

그런데 ★이 오늘따라 더 커 보인다. 어이없게도 ★이 구세주 같다.

상담실은 5층이다. 엘리베이터에서 나오자마자 상담실 간판이 보인다.

상담실을 노크하자 홍웅주 선생님이 번쩍 손을 들어서 채니를 반갑게 맞이한다. 이목구비가 또렷한 사람이다. 특히 코가 크고 눈썹이 짙다. 체구도 큰 편이다. 그에 비해서 목소리는 가늘어서, 가끔은 다른 사람 몸에서 흘러나오는 것 같다.

홍웅주 선생님은 노트북을 끄고 어서 오라고 손짓했다.

16

"밥 먹었니? 그렇다면 샘이 맛있는 케이크에다 신비로운 음료수를 줄게. 어제 받은 케이크인데, 달지도 않고 맛있더라."

홍웅주 선생님은 벽면 구석에 충실하게 매달린 CCTV를 흘긋 본다.

채니도 의자에 앉자마자 카메라를 슬쩍 본다. 이젠 그것이 없는 곳에 가면 오히려 불안하다.

"자자, 이것은 피로 회복에 좋다고 하고, 집중력을 키워 준다고 하고, 피를 잘 순환시켜 준다고 하고, 머리를 맑게 해 주고 뇌를 씻어 준다고 하고, 눈 피로를 막아 준다고 하고, 소화를 도와준다고 하고. 요즘 가장 뜨고 있는 건강 보조 식품이야. 이 말이 사실이라면 병들어 죽는 사람 하나도 없을 거야. 암튼 먹을 만해."

홍웅주 선생님은 냉장고에서 끄집어 낸 작은 비닐 팩의 포장을 뜯어서 페트병 두 개에다 나누어 담는다. 이내 페트병이 오렌지 빛으로 변한다. 선생님은 그것을 잡고 흔든 뒤 채니 앞으로 내민다.

"마셔 봐라. 몸에 좋다고 하니까, 그런가 보다 하고 먹어라."

"샘, 감사합니다. 잘 먹겠습니다."

채니는 일부러 느릿느릿 말을 하고는 선생님이 준 음료수를 마신다. 시큼하면서도 달달하다.

점심을 제대로 먹지 못해서 그런지 케이크를 보자 입맛이 당긴다. 초콜릿이 많이 들어간 케이크다. 일부러 채니를 위해서 준비한 것 같다. 취향 저격이다.

홍웅주 선생님은 가만히 채니를 내려다본다. 이 아이를 중학교 1학년 때부터 봤으니까, 이제 알 만큼 안다. 아버지는 서울에 있는 유명 대학 현직 교수이고 어머니는 수도권에 있는 신학 대학 교양학부 교수였다. 채니 진학을 특목고 쪽으로 몰고 가던 어머니가 S여고로 마음을 굳힌 것은 홍웅주 선생님 때문이다. 해마다 S여고에서는 다섯 명 정도 의대를 보내고 있으니까, 이건 해 볼만한 게임이다. 그중에서 서너 명이 대학 맞춤 학원 출신이니까, 자기 작전대로 잘 따라만 준다면 어렵지 않다고 판단했다.

채니 얼굴이 평소보다 창백하다. 온갖 핏줄이 다 드러났다. 눈빛이 흔들리고, 자꾸만 입술을 만지작거린다. 극도로 불안했을 때 나타나는 현상이다.

채니는 페트병에 든 음료수를 마시다가 갑자기 밖으로 뛰쳐나간다. 가슴이 답답하다. 체했나? 이럴 땐 다른 방법이 없다. 얼른 화장실에 가서 변기 앞에 기도하듯이 머리를 숙인다. 우웩 우웩 토악질을 해 댄다. 제발 제발, 가슴 속에 들어찬 돌멩이들이 다 쏟아져 나왔으면 좋겠다. 토악질을 할 때마다 변기 속으로 빨려 들 것 같다. 눈을 감고 더듬더듬 변기 물을 내린다. 변기 뚜껑을 내리고 그 위에 앉는다. 온몸이 녹아내리는 것 같다.

다시금 별의 탄생과 진화에 대한 물리 시험 문제를 떠올린다. 그걸 왜 틀렸을까? 아무리 생각해도 모르겠다. 시험 문제를 받아 든 순간 이상하게도 긴장이 풀렸다. 문제가 다 너무 쉽고 평이했다. 술술술 풀렸다. 단 한 문제도 망설이지 않고 답을 적었다. 당연히 만점이라고 자신했다.

채니는 다시 상담실로 들어가 죄송하다고 고개를 숙인다.

홍웅주 선생님은 채니를 빤히 쳐다보면서 걱정 어린 눈빛을 보낸다.

"아직 학원 시간이 있으니까, 여기서 눈 좀 붙여라. 간이침대 펴 줄 테니까. 그럼 한결 나아질 거야."

"저 오늘은 학원 빠진다고 엄마가 말씀드렸을 텐데요?"

"맞다. 너 오늘 밤에 아는 의대생 만난다고 했지? 내 말 백 번 듣는 거보다 지금 의대에 다니고 있는 사람을 한 번 만나는 게 더 도움이 될 거야. 고등학교 때 어떻게 공부했는지도 듣고, 의대 생활도 들어 보고."

"저도 그렇게 생각합니다."

"그래도 그런 사람이 주위에 있다는 게 얼마나 다행이니? 어머니 친구 아들이라고 하던데……. 너도 아는 사람이야?"

"예, 어렸을 때 몇 번 봤어요. 그 오빠는 고등학교 때까지 골프 선수를 하다가, 갑자기 몸을 다치는 바람에 공부 쪽으로 방향을 틀었다고 들었습니다."

"이야, 그렇다면 더 대단하다! 암튼, 그럼 그 전까지 눈 붙이고 있다가 가라."

"괜찮습니다!"

채니는 힘껏 손깍지를 끼었다.

"채니야, 넌 깡이 있어서 강해 보이지만 가끔 자만할 때가 있어.
알지? 시험에서 가장 무서운 적이 자만이라는 거!"

홍웅주 선생님은 또박또박, 일부러 힘 있게 뱉었다.

"평소에 아무리 많이 공부해도 성적 안 나오면 소용없어. 우린
철저하게 결과만 우대하는 사회야. 그 결과로 대학이 결정되고,
사람 운명이 결정되잖아? 네가 틀린 수학 문제도 알고 있는 거였
잖아? 어려운 문제도 아니고. 너같이 자만하는 학생들이 어려운
건 잘 풀고, 선생님들이 보너스라고 생각하고 쉽게 내준 문제는
틀린다니까. 알지?"

"네!"

채니는 짧게 대답했다. 굳이 변명하고 싶지 않다.

홍웅주 선생님은 상담실 안쪽에서 간이침대를 가지고 나온다.
채니가 괜찮다고 해도 멈추지 않는다. 선생님은 담요까지 펼치고
나서야 채니 앞에 앉는다.

"채니야, 자만해서 시험을 망치는 경우가 가장 안 좋아. 그거 쉽
게 못 고쳐. 예민해서 시험 망치는 것보다 더 안 좋아. 왜냐고? 예
민하거나 긴장을 많이 하면, 시험 보기 전에 약을 먹으면 되거든.
요새는 좋은 약이 많잖아? 근데 자만하는 경우, 이건 약도 없다
이 말이야."

순간 채니는 다시 가슴이 답답해진다. 간이침대로 가서 몸을

눕혔다. 담요로 배를 덮자 가슴이 조금 편안해진다.

홍웅주 선생님은 몸을 일으키려다가 불현듯 다시 입을 열었다.

"내 고등학교 친구 중에 육상 선수가 있어. 그놈은 대학 가서 국가대표로 뽑혔어. 우리나라 마라톤 최고 기록 보유자였어. 누구냐고? 하하하, 이름을 대도 몰라. 무명 선수거든. 그래도 우리나라 최고 기록 보유자야. 물론 비공식 기록이지. 훈련 때는 아무도 그놈을 당해 내지 못해. 훈련 때 세계 신기록까지 작성했으니까, 코치와 감독들 눈이 확 뒤집힐 만하지. 그 분야 알 만한 스포츠 기자들까지 야단이었으니까. 이제 그놈이 일낸다! 두고 봐. 세계를 뒤집어 놓을 것이다! 실제로 그런 기사가 짧게 나간 적도 있어. 근데 그놈은 큰 대회만 나가면 망쳐 버려. 올림픽에도 나간 적이 있어. 그놈을 아는 사람들은 은근히 기대했는데……. 20킬로미터쯤에서 포기해 버렸어. 컨디션 난조로……. 허허허, 그놈은 너무 예민하거든. 대회만 다가오면 불안해하고……. 외국에 나가면 잠도 못 자고, 잘 먹지도 못해서 망치는 거지. 그렇다고 약을 함부로 먹으면 안 돼. 약물 테스트에서 걸리거든. 결국 은퇴해서 보험 회사에 다녀. 내가 왜 이 말을 하는지 알겠지?"

채니는 들은 척도 하지 않는다.

홍웅주 선생님은 그놈을 만난 지도 벌써 10년이 넘었다고 중얼거린다.

채니가 일어나서 가방을 뒤지고 있었다.

"잠이 안 오네요. 샘 말처럼 제가 자만한 건 사실인데요, 그래도 별의 탄생과 진화에 대한 문제를 왜 틀렸는지 모르겠어요."

"어디 한번 보자."

홍웅주 선생님은 시험 문제를 받아 들고는 의자에 앉았다. 채니가 틀린 과학탐구 4번 문제는 별의 탄생과 진화 과정을 그림으로 보여 주면서, 그림에 대한 설명으로 옳은 것만 보기에서 찾아내라고 하였다. 보기에는 ㄱ, ㄴ, ㄷ, ㄹ 네 가지 항목이 설명되어 있었다.

"정답은 3번인데, 넌 정답을 5번이라고 했구나. 3번은 ㄱ과 ㄴ만 옳게 설명한 거라고 했고, 5번은 ㄱ과 ㄴ, ㄹ까지 옳다고 했네. 가만있자, 이건 내가 며칠 전에도 가르쳐 준 것 같은데……."

"예, 저도 그래서 쉽게 생각했나 봐요."

채니는 솔직하게 인정했다.

홍웅주 선생님은 계속 심각하게 문제지를 내려다보고 있다가 호피 무늬 안경을 만지작거렸다.

"좀 헷갈릴 수 있겠네."

"그쵸, 샘?"

"가만…가만…가만……. 근데, 이건 민원을 제기할 수도 있을 것 같은데?"

"샘, 그게 무슨 말이에요?"

"그니까 5번도 정답으로 인정해 달라고 요구할 수 있다 이 말이지. 지금 너희 학교 1학년 수학 시험도 문제 되었잖아."

그건 채니도 모르는 이야기였다.

홍웅주 선생님은 씩 웃는다.

"아마 선생님들 난리 났을걸! 수학 시험 문제 하나에 정답이 없었거든."

"그런 일도 있구나!"

"사람이 하는 일이라서 신중하게 문제를 내도 그런 일이 생겨. 과탐 4번 문제도 민원을 제기할 수 있을 것 같아."

"샘, 그게 가능할까요?"

"샘만 믿어. 이거 틀리면 과탐에서 1등급 어렵다는 건은 알 것이고……. 지금은 공부 잘하는 학생들이 많아 1점 차이로, 아니 0.1점 차이로도 1등급에서 밀려난다는 거 알지?"

"네, 알아요."

채니는 가방에서 머리끈을 꺼내서 머리를 묶는다. 선생님 말을 들으니까 이상하게도 힘이 난다. 맞다. 그 문제를 틀리면 1등급은 어렵다. 고등학교 첫 시험부터 1등급에서 밀려난다면 의대는 쉽지 않을 것이다.

"아 참, 채니야! 물리 선생님은 어느 학교 나왔니?"

너무 뜻밖의 질문이라 채니는 멈칫했다. 분명 들었는데, 어느 학교인지 정확하게 모르겠다.

"서울대는 아니지?"

채니가 고개를 끄덕인다. 그건 확실하다.

"으음…… 알았어."

홍웅주 선생님이 다시 활짝 웃으면서 밖으로 나간다. 그제야 채니는 홍웅주 선생님이 서울대 출신이라는 사실을 떠올린다. 오늘따라 홍웅주 선생님이 절대자처럼 느껴진다.

*

수지는 커피를 가지고 거실로 나온다. 대추나무 탁자에 커피 잔이 놓인다. 현숙은 연꽃무늬가 새겨진 보라색 방석에 앉아 커피 잔을 만진다.

현숙의 대학 동기인 수지는 별명이 콩알이다. 콩알이라는 말속에는 아주아주 작다는 의미가 기본적으로 깔려 있지만, 똘망똘망 야무지다는 칭찬의 의미도 있다. 수지는 학교 다닐 때부터 콩알이라는 말을 좋아했다. 키가 150센티미터도 안 되게 작아도 주눅 들지 않았다. 하이힐 따위는 쳐다보지도 않았다. 맨날 운동화만 신었고, 헤어스타일도 생머리 단발을 고집했다. 그런 자신감을 남자들은 순수함으로 받아들였다. 수지는 과에서 가장 인기가 좋았고, 졸업 후 1년 만에 결혼을 하겠다고 친구들 앞에 나타났다. 옆에는 180센티미터가 넘는 연예인급 남자가 서 있었다. 현직 판사였다. 18년이라는 나이 차이 따위는 전혀 문제가 되지 않았다.

수지는 아들 하나만 낳았다. 그 아들이 지금 의과 대학에 다니고 있다.

"우리 정수가 조금 늦는데. 차가 막혀서. 근데, 넌 왜 혼자야?"

수지가 현숙 앞에 앉으면서 쳐다본다. 그 눈빛이 부담스럽다. 뼛속까지 투시당하는 기분이다. 현숙은 일부러 커피가 맛있다고 하면서 애써 웃는다.

"갑자기 그렇게 됐어. 오늘 마지막 시험이 있었는데, 한 문제 틀린 모양이야. 그래서 전화도 안 받고……."

수지는 충분히 이해한다는 눈빛으로 고개를 끄덕인다.

"잘 달래 줘라. 주변에 의대를 목표로 하는 아이들이 몇 있는데, 아이도 힘들도, 엄마도 힘들고……. 사실 수시로 가려면 고등학교 3년간 잠시도 한눈팔면 안 되잖아?"

"그러게! 아마 고등학교 가서 처음 보는 시험이라 긴장을 했나 봐. 수학도 한 문제 놓쳐서 과학탐구 시험이 중요했거든."

"오히려 처음에 실수하고 그러는 게 더 나을 수 있어. 정신 무장이 되니까. 암튼 알았고……."

수지가 핸드폰을 보더니, 아들이 10분 후면 도착할 거라고 덧붙인다.

수지는 얼굴만 보면 학교 다닐 때랑 별로 변한 게 없다. 애초부터 깡마르고 작아서 그런 것 같다. 주름도 없고 뱃살도 나오지 않았다. 누가 저 사람을 내년이면 환갑이라고 생각하겠는가.

"넌 진짜 안 늙는다!"

그 말만은 하지 않으려고 했는데, 저도 모르게 뱉고야 말았다. 수지는 씩 웃는다. 변한 것이 많다는 웃음이다. 이제는 예전처럼 함부로 깔깔대지 않는다. 조용하게 상대를 내려다보면서 품위 있게 웃는다. 긴 치마를 즐겨 입고, 굽이 높은 신발을 신는다.

"너도 안 늙었어."

현숙은 그만 피식 웃음이 나온다. 진짜 그랬으면 좋겠다. 현숙은 많이 변했다. 늙는다는 것과 변한다는 것이 어떤 상관관계인지 몰라도, 고향 친구조차 알아보지 못할 만큼 변한 건 사실이다. 흰머리나 주름이야 그렇다 쳐도 얼굴 살이 올라서 자기가 봐도 낯설 때가 있었다.

"에구, 나도 하나만 낳을걸. 셋이나 낳아 가지고. 그러니 안 늙으면 비정상이지."

자꾸만 한숨이 나온다. 아무리 친한 사이라고 해도, 이제는 빈틈을 보여주기 싫다. 사실 경제적으로는 조금도 밀리지 않는다. 아무리 수지 남편이 유명한 로펌 공동 대표라고 해도 말이다.

"그래도 자식이 많은 게 부자지. 다 컸잖아? 큰애가 채연이지? 지금 뭐 해?"

"어렵게 들어간 좋은 직장 때려치우고 타투 한다고 난리야. 지금 대만에 가 있어. 거기가 타투 시장이 좋은 편이래."

"아, 타투우? 채연이가 미대 나왔지? 자기가 좋아하는 거 하면서 행복하면 되는 거지 뭐."

"글쎄, 모르겠어. 본인은 그게 좋다고 하는데⋯⋯."

현숙은 얼른 커피 잔을 입으로 가져간다. 자꾸 자조 섞인 한숨이 나온다. 요즘 들어 오래된 친구들을 종종 만나는데, 자식들 이야기만 나오면 은연중에 한숨을 뱉어 내는 게 버릇이다.

"둘째 채수는? 이제 손주 볼 때 아냐?"

현숙은 슬그머니 잔을 내려놓았다.

"이혼했어."

그 말을 하는데, 가슴 속에서 뭔가 쿵 하고 떨어진다. 수지가 놀란 표정으로 입을 벌린다.

현숙은 애써 웃는다.

"교대 다니다가 갑자기 학교를 그만두고 해외여행을 다녀오더니, 결혼하겠다고 선언했을 때 얼마나 황당했는지 몰라. 근데 자식은 못 이기겠더라. 광주 병원장 자식이라고 하니까 그래도 잘 살겠다 싶어서 허락한 거야. 그래서 결혼식도 광주에서 한 것이고. 근데 더 이상 못 살겠대. 남편이 의처증이 심해서 조금만 늦게 들어와도⋯⋯. 암튼 2년간 울고불고 난리치다가 지난겨울 이혼하고, 지금은 제주도에 가 있어. 거기서 친구하고 카페 한다는데⋯⋯."

가만히 현숙을 쳐다보던 수지는, "네가 맘고생이 심했구나!" 하고 고개를 끄덕여 준다.

"그럼 집들은 다 비어 있겠네? 너흰 식구마다 빌라 한 층씩 쓴다고 하지 않았어?"

"그렇지. 그렇다고 세를 줄 수는 없으니까, 그냥 두고 있어. 걔네들도 왔다 갔다 하면서 살거든. 1층에서는 남편이랑 내가 살고, 2층은 우리 막내 공부방 겸 내가 주로 차 마시는 공간이고, 3층에선 채수가 살고, 4층은 채연이 집이야. 더 이상은 보태 줄 생각이 없어. 집 한 채씩 췄으니까, 알아서 살겠지."

"빌라 한 동을 통째로 사서 사는 것, 그거 괜찮겠네. 나는 나중에 동생들이랑 같이 살고 싶었는데……. 우리 형제는 딸만 닛이잖아?"

"그래, 그렇게 하면 되지."

"근데 나만 빼고 다들 형편이 그래. 그나저나 너한테 부동산 하는 거 좀 배워야겠다. 나 좀 데리고 다니면서 가르쳐 줘."

"에이, 넌 남편이 다 하잖아? 너까지 골치 아프게 뭐 하려고 신경 써. 난 남편이 전혀 이쪽에 관심이 없어서 그런 것이고……."

현숙은 일부러 일어나서 화장실에 다녀오다가 핸드폰을 꺼내 본다. 채니는 점심시간에 과탐 한 문제를 틀렸다고 카톡을 보내 왔다. 순간 현숙은 얼마나 당황했는지 모른다. 이럴 땐 위로해야 하나, 다그쳐야 하나. 고민하다가 왜 한 문제를 틀리게 되었는지 캐물었다. 그때부터 채니는 답이 없다. 통화도 되지 않았다. 괜찮으니까 너무 속상해 하지 말라고 카톡을 보내도 마찬가지였다.

어렵게 잡은 약속 때문에 더욱 조급해졌다. 약속을 취소해야 하나 보다고 생각할 때, 채니한테 카톡이 왔다. 오늘은 그 오빠를 만날 수 없으니 다른 날로 연기해 달라면서, 죄송하다는 말만 세 번이나 덧붙였다. 학원에서 홍웅주 선생님이랑 상담했으니까 너무 걱정하지 말라는 카톡도 연달아 왔다. 그 메시지를 본 순간 현숙은 마음이 차분해졌다.

"얘가 많이 늦네. 그래도 정수는 고1 때까지 운동했잖아? 그게 도움이 돼. 학년이 올라가면서 거의 병원에서 생활하고, 잠도 제대로 못 자고……. 야, 말도 마라. 사는 게 아냐. 나도 의사 나오는 드라마나 보다가 막상 내 자식이 그 생활하니깐, 이건 진짜 막장이라는 생각이 들더라. 체력이 안 되면 버텨 낼 수 없어. 공부보다 체력이 더 중요해. 정수는 운동선수였으니 다른 애들보다 신체적인 조건이 훨씬 낫지."

정수는 초등학교 때부터 골프를 했다. 프로 골퍼들을 가르치는 작은아버지가 가능성이 있다고 했다. 그때부터 수지는 정수의 미래를 작은아버지에게 일임하였다. 가끔씩 정수가 해외 전지훈련을 떠나면, 그걸 핑계로 따라가서 마음껏 관광하는 호사도 누렸다. 정수도 골프를 좋아했다. 실력도 부쩍 늘었다. 각종 대회를 휩쓸었다. 세계적인 스타가 나오는 건 시간문제였다.

그랬으니 고등학교 1학년 겨울 방학 때 호주에서 전지훈련을 하다가 어깨를 다쳐 돌아온 정수에게 수지는 전혀 걱정하지 말라고 하였다. 어떻게 해서든 엄마가 어깨를 고쳐 줄 거라고. 정수는 두 번이나 큰 수술을 받았다. 그래도 조금만 무리하면 통증이 올라왔다. 그때 수지는 이 세상 모든 의사 새끼들은 다 돌팔이 사기꾼이라고 바락바락 소리 지르면서 저주했다. 일본이나 미국 의사들도 정수의 팔을 회복시키지 못했다.

꿈을 잃어버린 정수의 방황은 예정된 것이었다. 수지는 그런 정수를 내버려두었다. 정수는 술을 마시고 몰래 아버지 차를 운전하다가 큰 사고를 냈다. 그나마 사람을 다치게 하지 않은 것이 다행이었다. 정수는 뇌 수술을 받고 일주일 만에 깨어났다. 의사들은 정수가 용궁에 다녀온 것이니 이제 잘 살아야 한다고 했다.

퇴원한 정수는 의사가 되고 싶다고 했다. 수지는 이제야말로 자기가 나서야 한다고 생각했다. 정수는 수지 말대로 학교를 자퇴했다. 모든 과목에 개인 과외 선생님을 붙였다. 정수는 검정고시에 합격하고, 그다음 해 의대에 합격했다. 그러니 정말 대단하다. 현숙이 정수를 만나고 싶었던 것도 그런 이유 때문이다.

커다란 피자 한 판을 들고 나타난 정수의 얼굴은 수지 판박이다. 큰 키에 체격이 격투기 선수를 연상시키는데도 얼굴만 보면 아이돌 같다. 게다가 말투도 부드럽고 성격도 털털해서 여자들이 좋아할 상이다.

정수는 채니가 오지 못한 상황을 듣고는, 언제든 병원 근처로 오면 맛있는 걸 사 주겠다고 말했다.

현숙은 운동하다가 공부해서 의대에 간 사람은 정수밖에 없을 거라고 말했다. 정수는 거실 바닥에 떨어진 피자 부스러기까지 집어 먹으면서 아니라고 고개를 흔들었다.

"저는 골프 하면서 영어를 열심히 했어요. 작은아빠께서 골프 선수는 영어를 잘해야 한다고 강조하셨거든요. 외국 대회에 많이 나가야 하니까요. 수학은 제가 가장 좋아하는 과목이라 중학교 때까지도 잘했어요. 국어가 가장 어려웠어요. 그때까지 시 한 편 제대로 읽어 본 적이 없었으니까요."

"근데 어떻게 의사가 될 생각을 했어요?"

친구 아들이니까 반말을 하라고 해도, 현숙은 깍듯이 존대했다. 이제 아이도 아니고, 그렇게 예우해 주는 게 편했다.

"처음에는 그냥 순수하게, 저처럼 운동하다가 다친 사람을 치료해 주는 의사가 되고 싶었어요. 운동을 할 수 없다는 말을 들었을 땐…… 자살 충동도 많이 느꼈어요. 그래서요. 근데, 막상 의대에 와서는 잘 모르겠어요. 의대에 온 친구들에게 물어 보면…… 진짜 의사가 되고 싶어서 온 친구는, 글쎄요……. 뭐 그런 거죠. 좋은 직업으로……. 아시잖아요? 어떤 친구는 의사가 신이라고 생각하기도 하더라고요. 어쨌든 의사는 호모사피엔스의 생명을 관장하잖아요? 인간이 모신 신을 보면 대부분 그렇잖아요? 자기를 믿으면 오래 살고, 천국이나 극락 간다고요. 특히 우리 조상들이 믿었던 신들을 보세요. 삼신이니 칠성신, 남극노인……. 다들 믿으면 오래 산다고 해서 신이 된 거잖아요?"

"뭐 틀린 말은 아니지요. 지금은 의사 손을 거쳐서 태어나고, 죽을 때도 의사 허락이 있어야 하잖아요?"

정수는 긍정도 부정도 하지 않다가, 옆에 있는 수지와 현숙과 눈을 마주친 뒤에야 입을 열었다.

"그나저나 채니는 지금 학원은 어디 다녀요? 제가 보기에는 의대 생활보다 의대 가려고 공부하는 게 훨씬 더 힘든 것 같아요."

현숙은 채니가 다니고 있는 학원에 대해서 대충 말했다. 정수가 대뜸 대치동으로 와야 하는 거 아니냐고 했다. 현숙은 그 학원이 나름 요새 뜨고 있다고 소개했다.

"원장이 서울대 물리학과 나온 사람이고……. 대기업 다니다가 나와서 사업에 한 번 실패한 다음 학원을 하는데, 그래서 그런지 집요할 정도로 열심히 하시더라고요."

"아, 대학 맞춤 학원! 저도 알아요. 이름이 익숙해서 생각해 보니까, 후배들 중에 그 학원 출신이 있는 것 같네요."

"그럴 겁니다. 그 학원이 의대 입시 반으로 떴거든요. 학원에서 아이들 학교생활까지 다 관리해 줍니다. 학교 실정도 학부모보다 더 잘 알아요. 진짜 대단해요!"

"이제는 학원도 그렇게 뭔가 다르지 않으면 힘듭니다. 암튼 수시로 가려면 그렇게 해야 하나 봐요. 제 후배들 보니까, 의대 올 때 다 환자더라고요. 신경성 위염, 식도염, 수면장애 같은 병을 달고 오지 않은 사람이 없을 정도예요. 의대생들은 일주일에 한 번씩 시험 보고 그래도, 늘 서로 돕거든요. 근데 고등학생들은 아니죠. 반에서 반드시 1등 해야 하고……. 그러니까 다 경쟁자잖아요? 다행히도 전 검정고시 출신이라 그러지 않았지만, 후배들 말 들어 보니 살벌하더군요. 시험 보는 날이면 자기랑 라이벌 아이가 아파서 나오지 말았으면, 제발 걔가 실수해서 틀리기를, 심지어 그 아이가 불치병에 걸려 버리기를……. 그런 생각도 한다니까요."

이럴 때마다 현숙은 할 말이 없어진다.

현숙은 1980년대 민주화 운동을 온몸으로 겪은 세대다. 그러다 보니 학점 관리를 제대로 하지 못해서 상위 30퍼센트에만 주는 교사 자격증을 따지 못했다. 문학을 전공한 현숙이 대학원에 진학한 것은 교사에 대한 미련 때문이었다. 그러다가 공부에 재미를 붙였고, 진심으로 공부에 올인했다. 시간 강사 시절도 즐거웠다. 운이 좋았는지 수도권에 있는 신학 대학에 일찍 전임 교수로 임용되었다. 몇 년 뒤 더 좋은 대학으로 옮길 수도 있었지만, 자신을 뽑아 준 대학에 대한 의리를 지켰다. 그곳에서 학생들을 가르치다가 3년 전에 퇴직했다. 가장 큰 이유는 채니 때문이었다. 채니만큼은 무슨 일이 있더라도 반짝반짝 빛이 나게 키우고 싶었다. 그러기 위해서 이제라도 엄마 노릇을 제대로 하겠다고 작정했다.

"요즘은 학원 의대 반을 초등학교 때부터 보낸다고 하더라고.

저번에 방송에 나왔는데……. 야아, 초등학생이 미분 적분을 푼다고 하더라. 나도 자식을 의대에 보내고 있지만, 어쩌면 기적 같다는 생각도 들어."

수지 말에 정수가 맞장구친다.

"진짜 엄마 말이 맞아. 운도 따라야 해. 난 진짜 운이 좋았어."

현숙은 정수를 빤히 쳐다본다. 참, 바르게 컸다. 요즘 보기 드문 청년이다.

현숙은 이제 일어나야겠다고 수지에게 눈짓하다가 핸드폰 벨 소리에 놀란다. 홍웅주 원장님이다. 현숙은 급히 일어나서 화장실로 들어간다.

"교수님, 저 홍웅주입니다."

홍웅주 원장님은 아직도 현숙을 교수님이라고 부른다.

"채니가 과탐에서 한 문제 놓친 건 알죠? 예에, 그래서요. 그것 틀리면 전체 1등급에 들어가기가 쉽지 않을 것 같아요. 쉬운 건데 채니가 방심해 틀린 거죠. 근데, 제가 이 문제를 보니까요. 약간 문제가…… 다른 식으로 표현하면 하자가 있다는 뜻이죠."

현숙은 그게 무슨 말이냐고 물었다.

"교수님, 제가 풀어 보니까요. 학교 측에 정식으로 민원을 제기하면, 채니가 정답이라고 한 것도 공동 정답으로 인정받을 수 있지 않을까 해서요."

현숙은 그 말을 듣고도 한동안 이해할 수 없었다. 대체 무슨 말은 하는 건가? 공동 정답이라니? 그게 가능한 말인가?

"지금 채니네 학교가 뒤숭숭합니다. 벌써 수학에서는 한 문제가 정답 없음으로 밝혀졌거든요."

이 사람은 어떻게 그 학교 사정을 이렇게 잘 알까? 얼마나 많은 인맥이 그 학교에 포진해 있는 걸까? 어쨌든 지금은 홍웅주 원장님을 믿고 가는 수밖에 없다. 현숙은 입술을 꼭 깨물었다.

"원장님, 그렇게도 되나요?"

"작년에는 이 학교에서 두 번이나 공동 답안을 인정한 적이 있더라고요. 1점 때문에 아이들 운명이 바뀝니다. 그 한 문제 때문에 1등급을 못 받을 수 있어요. 아시잖아요? 의대는 정시로는 불가능합니다. 재수생, 삼수생, 사수생 들이 눈 시퍼렇게 뜨고 정시를 기다리고 있어요. 특목고 애들도 정시만 노리고 있고요. 걔네들 못 당해요. 일반 학교는 천상 수시밖에 없어요."

"알겠습니다."

현숙은 조만간 홍웅주 원장님을 만날 때 돈 봉투라도 준비해야겠다고 다시금 입술을 깨문다. 그러면서 화장실 거울을 보는 순간 자기 얼굴이 씁쓸하게 굳어 가고 있다는 사실을 알았다. 그녀는 일부러 몇 번이나 손을 씻는다. 사는 게 다 그렇지, 그래 사는 게 다 그런 것이다.

*

북 카페 간판이 보인다. 코로나 팬데믹이 끝나고 바깥에서 처음으로 맞이하는 책 모임이다. 민식은 학교에서 나올 때부터 묘하게도 설렜다. 빌딩 맨 꼭대기 10층이라 북 카페로 가는 복도는 다른 세상으로 이어지는 굴 속 같다. 말이 북 카페지 실은 근처 직장인들을 상대로 수제 맥주와 보이차를 파는 곳이다. 그렇게 가게를 유지하면서, 지역에서 독서 모임을 하는 사람들에게 장소를 제공해 준다.

카페 안으로 들어서자 곱슬곱슬한 머리에 얼굴이 통통한 남자 사장님이 민식을 반갑게 맞이해 준다. 아직도 코로나에 걸리지 않았다는 사장님은 얼굴 반 이상을 마스크로 가리고 있다.

창가에 앉아 있던 사람들이 손을 흔든다. 이 모임은 책을 핑계로 한 수다 모임이다. 누구나 이 모임에 들어오면 각자 살아가는 이야기를 편안하게 끄집어내게 된다. 삶의 자그마한 창이라고나 할까.

"민식 샘, 오랜만입니다. 살이 많이 빠지셨네요?"

누군가 그렇게 말했다. 요즘 들어 어딜 가나 듣는 말이다.

민식은 지난 1년 새 10킬로그램 가까이 살이 빠졌다. 췌장 기능이 약해지는 등, 이래저래 잔병치레에 시달리다 보니 얼굴 여기저기 주름 골이 늘어났다. 사람은 갑자기 늙는다고 하더니, 그 말이 딱 맞다.

다행히 몸은 예전보다 가벼워지고 정신도 맑아졌다. 이제 녹슬고 고장 나는 몸을 잘 달래 가면서 살아야 한다. 그래서 최근에 찾아온 잔병들을 오히려 고맙게 받아들이고 있다.

민식은 사람들 얼굴을 하나하나 마주치면서 그렇게 말했다.

모두 공감하는 눈빛으로 고개를 끄덕인다.

누군가 민식에게 교직 생활이 몇 년이나 되었냐고 물어본다.

그 질문 역시 요새 부쩍 많아졌다. 그만큼 나이 들었다는 뜻인가. 씁쓸하면서도 그런 질문을 받을 때마다 지나온 시간을 더듬게 되니까, 나쁘지 않다.

"거의 30년 다 되어 가네요. 벌써 그렇게 됐네요."

오늘도 그렇게 말하면서, 맨 처음 발령 받던 순간을 떠올린다. 물리학과를 졸업한 뒤 임용고시를 준비하고 있을 때 모교 과 사무실에서 연락이 왔다. 사립인 S여고가 있는데, 남자 선생님을 원한다고 하면서 무조건 가라고 했다. 처음에는 거절할 생각이었다. 사립 학교에 대한 부정적인 선입견이 강했고, 게다가 여고라니 다른 세상에 존재하는 학교 같았다. 민식은 남자만 다니는 중고등학교를 지나 왔고, 물리학과에도 여학생은 달랑 셋뿐이었다. 그러니 지금까지 늘 남자만 북적거리는 세상에서 살아온 셈인데, 갑자기 그 반대 세상으로 가라니 그것 참 당황스러운 일이었다.

그런 민식의 마음을 바꾼 것은, 아름다운 학교 풍경이었다. 도

대체 어떤 학교인지 구경이나 해 보자는 식으로 찾아갔는데, 수채화 같은 봄이 학교를 몽환적으로 꾸며 놓고 있었다. 기품 있게 늙은 목련나무들이 유독 많았고, 그사이에 벚나무들이 중력을 거부하면서 하늘로 쭉쭉 가지를 밀어 올리고 있었다. 민식은 그 나무 축제에 푹 빠져 버렸다. 학교 안으로 들어가자 더 많은 나무가 민식을 반겼다. 운동장과 건물 사이, 건물과 뒷담 사이에는 온통 나무들이 빽빽하게 들어 차 있었다.

민식은 그 나무들을 믿고 첫 출근을 했다.

"나무 때문에, 학교에 있는 숲 때문에, 이 학교에 반했습니다."

이사장을 비롯하여 선생님들은 당연하다는 표정을 지었지만, 학생들은 그런 민식을 이해할 수 없다는 표정을 짓기도 했다. 그 시절 참 행복했다. 아무리 힘들어도, 밖에 나가서 나무들 사이를 걷다 보면 피로가 풀렸다.

민식은 그런 이야기를 주절주절 들려주다가 핸드폰이 울리는 소리를 들었다.

민식은 핸드폰을 들고 카페를 나왔다. 같은 1학년을 담당하는 박미선 선생님이다.

"민식 샘. 저 박미선입니다. 지금 통화 괜찮으세요?"

"미선 샘, 괜찮아요. 말씀하세요."

"댁이 아닌가 봐요?"

"예, 저는 오랜만에 독서 모임에 나와서, 지인들이랑 수다 떨고 있습니다."

1학년 국어를 가르치는 박미선 선생님은 민식보다 서너 살 아래지만, 경력이 1년 더 많다. 중성적인 목소리와 달리 여리여리하게 생긴 그녀를 보면, 두 명의 인격체가 하나의 몸속에서 동시에 살고 있는 것처럼 보였다. 그만큼 감정 기복이 심했다. 특히 학생들하고 부딪히면 끓어오르는 화를 참지 못했다. 그러니 걸핏하면 교감실이나 교장실로 불려 가야 했고, 학교 뒤편 숲에서 혼자 눈물 바람을 하는 경우가 많았다. 그때마다 민식이 다가가서 위로해 주었다. 자연스럽게 두 사람은 친해졌다. 주변 선생님들 입에서 곧 부부 교사가 탄생할 거라고 했지만, 그들은 이미 정해진 결혼 상대자가 있었다. 그런 경계가 명확했기 때문에 교사로서 우정을 나눌 수 있었다.

"민식 샘, 조금 전에 우리 반 오채니 학생한테 전화가 왔어요. 오채니 알죠?"

"예, 압니다."

"채니가 이번 과탐 시험에서 한 문제 틀렸대요. 근데 그게 물리 문젠가 봐요. 암튼, 오늘 학원 선생님이랑 과탐 문제를 풀어 봤대요. 근데 학원 선생님이 채니가 틀린 문제를 보더니, 정답은 3번이지만 5번도 정답이 가능하다고 했대요."

순간 민식은 저도 모르게 주위를 두리번거렸고, 핸드폰을 들고 있는 손을 바꾸면서 침을 꼴깍 삼킨다. 어딘가에 앉고 싶다. 긴장하면 생기는 버릇이다.

"가만있자, 오채니 학생이 이의를 제기한 문제가 몇 번이라고요? 아아, 4번 문제요. 그건 전혀 문제가 생길 만한 것이 아닌데…… 1학년 1학기라서 아주 쉽고 기초적인 문제를 출제했거든요. 이해가 안 되네요."

"민식 샘. 어쨌든 냉정하게 그 문제를 들여다보셔야 합니다. 어제 수학 시험 문제에도 어떤 학생이 민원을 제기했고, 오늘 학부모 게시판이 난리가 난 거 아시죠? 학교에서는 학부모들이 민심이잖아요? 아이고, 저는 학부모 게시판만 생각해도 이지러워요."

"그래서 수학은 어떻게 결정 났어요?"

"그건 잘 모르겠고요. 분명한 것은, 민원이 발생하고 나면 학교 전체가 괜히 시끌시끌해지니까 길게 끌지는 않을 겁니다."

"그렇군요. 그래서 채니가 뭐라고 하던가요?"

"일단 제가 민식 샘이랑 통화하고, 채니한테 전화 주기로 했어요. 채니랑 통화해서 민식 샘한테 전화하라고 할게요. 당사자하고 통화하는 게 가장 낫잖아요?"

"예, 그렇게 하는 게 좋을 것 같습니다."

다시금 민식은 깊은 한숨을 내뿜었다.

"큰 문제가 아니었으면 좋겠습니다. 샘, 힘내시고 잘 마무리하세요. 작년에도 1학년에서 이런 문제가 있었거든요. 그때는 국어였어요. 저는 2학년 담당이라 한 걸음 떨어져 있었지만, 당시 국

40

어 샘이 이번 학기에 휴직한 게 그것 때문입니다. 너무 힘드셨대요. 석 달간이나 잠도 못 자고, 나중에는 신경 안정제까지 복용했다고 하니까요. 국어에서는 이런 문제가 종종 생겨요. 그래서 저도 이젠 시험 문제 낼 때 독창적인 거 잘 안 내요. 모의고사나 EBS 문제를 살짝 변형하거나……. 적절한 것은, 적절하지 않은 것은, 가장 적절한 것은……. 그게 시험 문제의 전형적인 형식이잖아요? 특히 '가장'이라는 말을 잘 붙이지요. 그래도 물리는 이런 경우가 없을 줄 알았는데……."

"그건 저도 마찬가집니다. EBS 교재를 살짝 변형한 건데……. 암튼 걱정해 주셔서 감사하고, 제가 잘 마무리하겠습니다."

전화를 끊고 나자 맥이 빠진다. 어느새 민식은 벽에 등을 기대고 있다. 그때 누군가의 목소리가 들렸다.

"민식 샘, 무슨 안 좋은 일이 있으세요?"

호밀 빵이라는 닉네임을 가지고 있는 모임 총무였다. 먹거리에 관심이 많은 그녀는 호밀 빵 예찬론자였고, 모임 때마다 직접 만든 호밀 빵을 가져와서 회원들에게 나눠 주곤 했다. 호밀 빵은 사람들에게 유독 따뜻했다. 지금도 마찬가지다. 그 웃음이 지금 이 순간에는 이상하게도 부담스럽다.

"아닙니다. 그냥 학교에 좀 문제가 생겨서요."

"무슨 문제요?"

"중간고사가 끝났는데, 한 학생이 물리 문제에 대해서 민원을 제기했네요. 정답이 두 개라며 공동 답으로 인정해 달라고요."

"이야, 요새는 그렇게 하는구나."

"그럼요. 1점에 아이들 인생이 달려 있으니까요."

호밀 빵이 무슨 말을 하려고 할 때, 다시 핸드폰이 울린다. 민식이 전화를 받자마자 앳된 여자 목소리가 들린다. 오채니다.

"채니야, 방금 미선 샘한테 대충 이야기는 들었다만……. 다시한번 말해 볼래?"

"샘, 4번 문제 있잖아요? 저희 학원 샘이 그러시는데요. 그거 5번도 정답으로 볼 수 있대요. 저희 학원 샘도 물리학과 나왔거든요. 서울대 물리학과요."

서울대 물리학과라는 말을 듣는 순간 괜히 헛웃음이 나온다. 서울대라는 말이 지금 왜 나와야 하는지 모르겠다. 민식은 그 말을 왜 하냐고 한마디 하고픈 충동을 꾹 누르며 채니가 충분히 상황 설명을 하도록 기다린다.

채니는 비교적 차분하게 말했다. 4번 문제 정답이 3번인 것은 맞지만, 5번도 정답이 될 수 있다는 논리였다.

"그건 샘이 그 문제를 다시 들여다보고 연락 줄게. 근데 어느 학원이니?"

"예, 대학 맞춤 학원요."

"알겠다. 지금은 내가 밖이야. 그니까 이따가 집에 가서 그 문제를 다시 보고, 내일 아침에 연락 줄게."

민식은 그 정도에서 정리했다. 이럴 때일수록 냉정하고 단호해야 한다. 괜히 조금이라도 여지를 남겨서는 안 된다. 만약 4번 문제가 공동 답안을 인정할 만큼 하자가 있다면 빠르게 사과하고 인정해야 한다. 아무런 하자가 없다면 단호하게 아니라고 해야 한다. 시간을 끌면 안 된다.

민식은 화장실에 가서 안경을 벗고 찬물로 얼굴을 씻는다. 누가 보면 수돗물 낭비라고 할 만큼 오래오래 얼굴을 박박 문지른다. 이렇게 살갗이 벗겨지도록 얼굴을 문지르고 나면 조금 개운해진다.

밖으로 나오자 호밀 빵이 기다리고 있다. 호밀 빵이 다시 웃으면서 말을 붙인다.

"힘드시겠어요!"

"그러네요. 일단 제가 낸 문제부터 냉정하게 다시 봐야지요. 진짜 문제가 있는지……."

민식은 터져 나오는 한숨을 간신히 누른다.

1학년 수학 재시험

민식은 차에서 나와 새삼 주차장 주위의 나무들을 바라다본다. 나이를 알 수 없는 느티나무들이 주차장을 에워싸고 있다. 원래 이곳도 숲이었다. 몇 년 전 주차장을 넓히면서 나무 수십 그루를 희생시켰다. 그때 재단에서는 이 나무를 다 베어 내려고 했다. 조심스럽게 그런 흐름을 반대하여 이 나무들을 구해 낸 선생님들에 민식도 포함되어 있다. 가까스로 죽을 고비를 넘긴 나무들은 그런 선택에 보답하듯 해마다 푸르고 푸른 가지들을 주차장 쪽으로 내밀어서, 한여름 땡볕에 무방비로 노출된 차들을 지켜 주었다. 그때마다 선생님들은 나무를 다 베어 내지 않은 것이 얼마나 다행인지 모른다고 스스로 위로했고, 나무에게 고마워했다.

오늘따라 나무들이 학교에 마지막으로 남아 있는 결사대 같다. 그동안 건물이 늘어날 때마다 나무들이 사라졌다. 민식이 이 학교에 부임했을 때 보았던 숲은 이제 10퍼센트 정도만 남아 있을 것이다.

민식은 결사대 지휘관 같은 느티나무 아래서 걸음을 멈춘다. 도대체 몇 살이나 먹었을까. 150살, 200살? 그래도 청춘 같다. 나무가 부럽다. 오십 대 중반인데 벌써 늙어 버린 것 같은 자신이 초라해진다.

문자 메시지 알람이 울린다. 학년 부장 선다해 선생님이다.

다해 샘: 민식 샘, 오늘은 아침에 회의가 있으니까 빨리 들어오세요.
김민식: 알겠습니다.

일부러 길게 심호흡을 했다. 피곤하다. 잠을 설쳤다. 민식은 어제 집에 가자마자 책상에 앉아서 4번 문제를 들여다보았다. 아무리 생각해 봐도 민원이 발생할 만한 여지가 없었다. 4번 문제는 학생들이랑 같이 풀어 본 EBS 교재기도 했고, 전년도 모의고사 문제이기도 했다. 물론 똑같이 출제한 것은 아니다. 문제의 본질은 그대로 두고 지문을 약간 변형했을 뿐이다.

민식은 그 지문을 읽고 또 읽었다. 채니처럼 정답이 5번이라고 생각하는 경우는 지문을 제대로 읽지 않은 경우다. 모든 시험 출제자들은 문제의 본질을 명확하게 설정한 다음, 그 본질을 잘 이해하고 있는지 확인하는 절차를 거친다. 그래서 적절하게 지문을 만들어서 설명하고, 본질을 잘 이해하고 있는지 묻는다. 정답을 맞히기 위해서는 출제자가 의도한 것을 명확하게 알아내야 한다. 그러지 않고 자기 생각대로 판단해 버리면 정답에서 멀어진다. 민식은 채니가 그런 오류를 범했다고 결론을 내렸다. 민식은 밤이 늦었다는 것을 알면서도 박미선 선생님에게 문자를 보냈다.

김민식: 미선 샘, 집에 와서 꼼꼼하게 검토해 봤는데 별 문제가 없네요. 제가 내일 채니를 만나서 잘 설명하고 납득시키겠습니다.

곧바로 박미선 선생님한테 답장이 왔다.

미선 샘: 예, 알겠습니다. 잘 주무시고, 내일 봬요.

민식은 잘 주무시라고 답장을 보내고, 대학 맞춤 학원을 떠올렸다. 검색해 보니, 그 학원 홈페이지와 블로그가 눈에 들어왔다. 홈페이지에 접속했다. 무슨 이유인지 몰라도 한글판·영문판으로 구분이 되어 있다. 이건 뭐지? 이런 식으로 폼 잡는 건가? 민식은 영문판이 몹시도 불편했다. 물론 학부모 입장에서 보면 다를 수도 있을 것이다. 영어로 모든 설명을 하는 것 자체가 다른 세상으로 보일 수도 있을 테니까.

홈페이지 메인 화면으로 들어서자마자 홍응주 원장님에 대한 소개가 보였다. 물리학과 출신이고, 서울대 석사 출신이다. 홍웅주 원장님은 이미 민식을 다 파악하고 있을 것이다. 같은 물리학과 출신이지만, 학교 레벨로 따지면 민식은 그분과 비교가 되지 않는다. 그러니 이미 민식을 무시하고 있을지도 모른다. 민식은 그런 생각을 하지 않으려고 애써 고개를 흔들어 보았다.

시험 문제에 대한 민원은 학부모들 입에서 가장 많이 나온다. 특히 학부모가 해당 과목 전문가일 경우가 많다. 안다는 것은 그만큼 겸손함을 무디게 한다. 요즘 학부모들이 그렇다. 옛날 부모님들은 배우지 못했다. 그래서 늘 선생님 앞에서 겸손했다. 요즘 학부모들은 많이 배웠다. 그만큼 요즘 학부모들은 겸손하지 않다. 조금만 잘못되었다고 생각하면 학교에 찾아와서 소리 지르거나 학년 게시판에 자신만만하게 문제 제기를 한다.

민식이 1학년 교무실로 들어서자, 박미선 선생님이 먼저 인사한다. 민식은 자리에 앉자마자 물을 끓이고 찻잔을 가져온다. 수업이 시작되기 전에 선생님들에게 보이차를 한 잔씩 돌리는 것이 그의 오래된 버릇이다. 이제는 선생님들도 그 차를 기다린다.

민식이 선생님들 숫자에 맞게 찻잔을 채울 무렵 선다해 선생님이 들어온다. 약간 차가운 인상을 주는 얼굴이지만, 웃음만 띄우면 상대를 편안하게 해 주는 묘한 힘을 갖고 있다.

"역시 차는 민식 샘이 우려 주는 게 최곱니다. 자, 다들 오셨지요?"

교무실에는 실내에서도 잘 사는 고무나무들이 곳곳에 서 있다. 그건 선다해 선생님 취향이다. 올해 1학년 부장이 되자마자 학교 측에 부탁하여 교무실을 그렇게 꾸몄다. 선다해 선생님은 아침에 교무실에 들어와서 고무나무를 둘러보고 물을 주는 것으로 하루를 시작한다.

"자자, 바로 회의 시작할게요. 오늘 학교에 오자마자 교감실에 다녀왔습니다. 왜 그런지 다들 아시죠?"

선다해 선생님은 다시 보이차를 마신다. 참 맛있다. 첫 번째 우려 낸 것이라는데, 어쩜 이렇게 다소 역겨운 냄새를 걸러내고 은은한 맛을 낼 수 있는지, 새삼 민식을 쳐다본다. 한 살 어리지만, 민식은 어려운 사람이다. 특히 세상을 바라다보는 정치적인 눈이 전혀 다르다. 그녀는 선거 때만 되면 이렇게 말했다.

"아무나, 아무나 잘할 사람! 아무나 좋아! 잘할 사람이면 아무나 좋아!"

그녀는 평생을 그렇게 살아왔지만, 민식은 아무나가 잘할 사람이 아니라고 단호하게 말했다. 그녀는 늘 그런 민식을 존중해 주었다. 그건 민식도 마찬가지다. 그는 늘 선다해 선생님의 정치적인 생각을 존중해 주었고, 절대 자기 생각을 강요하지 않았다. 그래서 둘 사이에는 별다른 문제가 생기지 않았다.

다른 선생님들은 아무런 말을 하지 않는다. 선다해 선생님은 단발을 손으로 쓸어 넘겼다가 한숨 섞인 목소리를 내놓았다.

"다들 아시죠? 이번 수학 시험에서 민원이 발생한 거요. 골치 아프네요. 어제 우리 수학 교과 샘들이 모여서 회의를 몇 번이나 했는지 모릅니다."

민식에게 자꾸만 한숨을 내쉬는 선다해 선생님의 작은 몸짓까지도 다 느껴진다. 선다해 선생님은 수학을 가르친다. 이번에 민원의 대상이 된 문제도 그녀가 출제한 것이니까, 그 스트레스가 어땠을지 짐작하고도 남는다. 선다해 선생님은 한동안 끊었던 신경 안정제를 복용했다고 쓸쓸하게 웃는다.

"제가 몇 년 전까지 우울증 때문에 안정제 복용했는데…… 그걸 다시 끄집어내게 되더라고요. 어젯밤에는 못 마시는 술까지 마셨습니다. 제가 보기에는 그 문제가 이상이 없어요. 근데 밤새 학부모 게시판이 난리가 났답니다. 저는 일부러 들어가지 않았는데, 조금 전 교감 선생님이 그러시더라고요. 게시판이 그 문제로 도배가 되어 있다고요."

오늘따라 다른 선생님들도 말이 없다. 민식이 계속 채워 주는 보이차가 없었다면, 선생님들의 입에서는 더 많은 한숨이 터져 나왔을지도 모른다.

"교감 선생님 하시는 일이 그거잖아요? 호호호, 종일 학부모 게시판 들여다보면서 민심을 들여다보는 거요. 우리 학교가 사립이라 더 그런가 봐요. 교감 선생님이 그렇게 말씀하시더라고요. 진짜 하는 일이 그거라고요. 근데 밤새, 학부모님들이 더 집요하게,

진짜 치사한 방법까지 동원해서 수학 시험 문제를 물고 늘어지네요. 전문가라고 하는 학부모들이 10여 명이나 나타났고요. 그중에는 수학 박사님들도 세 분이나 계시네요. 교감 선생님께서도 결국 손을 드셨어요. 학부모님들 말대로 재시험을 치르자고요."

"아니, 그래도 무슨 문제가 있어야 재시험을 치르는 것이지, 그것도 아닌데 재시험을 치른다는 게 말이 됩니까?"

3반 담임 선생님이 말하자, 선다해 선생님은 동조한다는 식으로 슬쩍 웃어 보인다. 민식은 가만히 있다. 박미선 선생님은 말도 안 된다고 고개를 흔들어 댄다. 다른 선생님들도 웅성거린다. 선다해 선생님은 그런 반응을 기다렸다. 이 말도 안 되는 현실 속에서 누군가에게 위로받고 싶었는지도 모른다. 선다해 선생님은 교무실이 조용해지도록 기다렸다가 다시 말을 이어간다.

"교장 선생님도 그렇게 하길 원한다고 합니다. 물론 이리저리 따지고 따지면 전혀 문제가 없는 건 아니죠. 시험 문제에는 출제자 의도가 있잖아요? 그걸 무시하고 다르게 해석해서 문제에 하자가 있다고 하니, 이거 참 미치고 환장할 일입니다. 이제 출제를 AI 선생님에게 맡겨야 할까 봐요. 암튼 그래서 오늘 수학 재시험을 봅니다. 오늘 4교시에 재시험이 있으니까, 각 반 담임 선생님은 학생들에게 잘 설명해 주시고요. 혹시 시험 때문에 다른 민원이 생기면 얼른 저한테 알려 주세요. 이번 수학처럼 문제가 더 커지기 전에 해결하는 게 좋을 것 같아요. 저는 너무 안이하게 대처

한 것 같아요. 이건 옳고 그름의 문제가 아니라, 최대한 빠르게 민원을 적절하게 해결해야 할 일 같네요. 교감 선생님도 그러시더라고요. 이제는 학부모들을 이길 수 없다고요. 이번에 민원을 제기한 학생 아버지도 현직 검사거든요. 그러니 굳이 우리가 맞설 필요가 없다고 하시는데, 할 말이 없더라고요. 서글프지만 그런 세상인 것 같습니다. 그래서 교감 선생님이 특별하게 부탁하신 겁니다. 혹시 다른 과목에서도 문제가 생기면 괜히 혼자 해결하려고 하지 말고, 빨리 저한테 알려 주세요."

선다해 선생님은 다시 보이차를 마시고 선생님들을 한 분 한 분 쳐다본다. 모두가 굳어 있다.

선다해 선생님이 회의를 마치려고 할 때, 민식이 말했다.

"부장 샘 말을 듣고 보니 감춰 둬서는 안 될 것 같네요."

박미선 선생님은 살그머니 눈을 감았고, 다른 선생님들은 또 무슨 일이냐는 듯이 그를 향해 눈빛을 모은다. 가장 놀란 선다해 선생님은 슬쩍 벌어진 입술을 다물지 못한다.

"제가 아무리 문제를 잘 마무리해도 알려질 것이고……. 그래서 말씀드릴게요. 어젯밤에 미선 샘네 반 오채나라는 학생이, 제가 출제한 과탐 4번 문제에 대해서 민원을 제기했습니다. 그 문제를 꼼꼼하게 검토해 봤는데, 문제점은 발견하지 못했습니다. 부장 샘 이야기를 듣다 보니, 저도 암담합니다. 사실 민원은 문제에 하자가 있어서 제기하는 것인데, 현실은 그게 아닌 것 같습니다. 그래서 저도 보다 정확하게 다시 문제를 파악해 보고, 오늘 과탐 교과 샘들이랑 의논도 할 생각입니다. 당연히 민원을 제기한 학생하고도 면담 시간을 잡았고요. 저는 잘 해결되리라고 생각합니다."

민식은 담담하고도 솔직하게 말했다. 옆에 있던 박미선 선생님이 슬그머니 고개를 끄덕여 주었다. 말하기를 잘했다는 뜻이다.

선다해 선생님은 고개를 흔들면서 다시 보이차를 마신다. 이거 뭔가 꼬여 가는 기분이다. 지금 수학 문제에 제기된 민원만으로도 골치가 아픈데 물리까지 그런 문제가 생기다니! 어쩌면 물리는 더 어려울지도 모른다. 민원을 제기한 당사자들은 이런 분위기를 충분히 이용할 것이다. 다른 학부모들도 분위기에 휩쓸릴 것이다. 그렇다면 민원을 제기한 사람과 빨리 합의하는 게 나을 것이다. 선다해 선생님은 그런 말을 하려다가 민식을 보고는 애써 웃는다.

"물리에서 민원이 생길 줄은 꿈에도 몰랐네요. 주로 국어나 영어에서 자주 민원이 발생하는데……. 수학도 민원이 발생하는 경우가 드물고요. 갑자기 이런 기억이 떠오릅니다. 제가 중학교 1학년 때인데, 물상 시험 문제가 유출되었어요. 요즘 같으면 난리 났겠죠. 한 아이가 쓰레기통을 소각장에다 버리다가 시험지를 발견한 거죠. 그때는 시험지를 선생님들이 등사했잖아요. 지금처럼 컴퓨터도 없고, 인쇄기도 없었으니까요. 그 학생이 시험 문제를 아이들에게 돌렸고, 갑자기 우리 반 시험 평균이 90점 정도 나온 거죠. 그때 물상 평균이 한 50점 정도였으니까, 대단한 거죠. 당연히 그 사실이 드러났고, 물상 선생님이 분노했어요. 물상 선생님은 점수를 모두 인정했고, 대신 기말고사 때 우리 반만 모두 주관식 문제를 풀어야 했어요. 그걸 어떻게 풀어요. 저도 10점인가 맞았어요. 물상 선생님은 중간고사 점수에서 기말고사 점수를 뺀 다음, 그 차이만큼 매를 때렸어요. 1점에 1대씩. 그러니 그날 종일 아이들이 맞았어요. 그런 일이 있어도, 지역 사회에서 아무런 문제가 없었어요. 생각해 보니, 그때 선생님들은 좋았어요. 그런 일이 일어나도……."

선생님들은 보이차를 마시면서도 순간적으로 씁쓸한 맛을 느꼈다.

민식은 더 이상 말하지 않았다.

선다해 선생님이 회의를 마치고 민식에게 귀엣말에 가깝게 읊조렸을 뿐이다.

"민식 샘, 시험 민원은 다 비슷하니까 자세히 보지 않아도 뻔합니다. 괜히 혼자 끙끙거리지 마세요. 일단 교과 샘들이랑 의논하시고, 오늘을 넘기지 말고 정리하세요. 그냥 적당히……. 일단 교감 선생님에게 보고는 드리겠습니다."

민식은 알았다고 고개를 끄덕였다.

*

　3교시가 끝나자마자 교내 방송이 흘러나온다. 1학년은 4교시
에 수학 재시험을 치를 예정이니, 시험 보는 대형으로 책상을 배
치해 달라는 내용이다. 교무실에 불려 갔다가 온 반장 미담이가
책상을 옮기라고 소리친다. 삽시간에 교실 안이 책상 끄는 소리
로 혼잡해진다.

　그 와중에서도 전혀 움직이지 않는 사람도 있다. 이럴 때마다
반장의 능력이 발휘된다. 미담이는 한 번 말을 해서 움직이지 않
는 학생에게는 큰 목소리를 가진 입이 아니라 부지런한 발로 대
응한다.

　"야야, 희정아. 일어나, 일어나, 어서 일어나."

　그런 식으로 앉아 있는 친구를 강제로 일으킨 다음 재빠르게
자기 힘으로 책상을 옆으로, 뒤로, 앞으로 움직인다.

　그런 식으로 여기저기 교실을 다니면서, 느리고 움직이기 싫어
하는 아이들 책상을 대신 밀어준다. 그걸 보노라면 반장은 입이
아니라 발이 부지런한 사람이 되어야 할 것 같다.

　채니는 그런 생각을 하면서 책상을 옆으로 민다.

　책상 배치가 완료되고 나서야 미담이가 옆으로 다가온다.

　"우리 반에서는 재시험에 대한 불만이 없어서 다행이다."

　채니 뒤에 있던 아이가 눈을 크게 뜨고는, 네가 그걸 어떻게 아

냐고 물었다. 미담이가 주춤하다가 이를 드러내고는 웃는다.

"그래도 공개적으로 크게 반발하는 사람은 없었잖아?"

"귀찮아서 그런 거지. 나도 반대하지만 그냥 가만있는 거라고! 이럴 바에는 그냥 모두 정답으로 인정해 주면 되잖아?"

"그랬으면 얼마나 좋겠니?"

채니는 반장이랑 아이들이 주고받는 말을 들으면서 몬스터 에너지 드링크를 마신다. 수학이랑 과탐 시험에서 실수한 뒤로 그 음료수를 생각했다. 원래는 밤샘 공부를 하거나 수업 시간에 졸릴 때 먹는 거였다. 더 이상 실수해서는 안 된다는 의미였다. 카페인 음료수라서 몸에 좋은 건 아니지만, 어머니도 어쩔 수 없다는 듯이 날마다 가방 속에다 넣어 준다.

잠시 집중하자고 눈을 감자 홍웅주 선생님 얼굴이 떠오른다.

어제 홍웅주 선생님은 틀림없이 수학 재시험이 치러질 것이라고 예측했다.

"내가 보기에도 그 수학 문제는 하자가 있어. 게다가 민원을 제기한 학생 아버지가 현직 검사라는 것 알지? 그럼 학교에서도 버틸 수 없어. 학교의 선택지는 두 가지야. 하나는 모두에게 정답 처리를 해 주는 거야. 사실 그게 가장 좋은데, 그럴 경우 공부 잘하는 학생들이 반발하겠지. 그래서 재시험 쪽으로 갈 거야. 어쨌든 등급을 결정해야 하니까."

아침 조회 시간에 박미선 선생님 입에서 수학 재시험을 치른다는 말이 나오자마자 채니는 온몸에 소름이 돋았다. 홍웅주 선생님이 정확하게 예측했기 때문이다.

"그리고 재시험을 보게 된다면 문제를 어렵게 내지는 않을 거야. 만약 어렵게 내면, 여러 가지 문제가 발생할 수 있잖아? 그러니 너무 걱정 마라. 너한테 유리해. 상황은 모두 네 편이야."

채니는 홍웅주 선생님 목소리를 다시금 되새기면서 냉정해지려고 애를 썼다. 어느새 에너지 드링크를 다 마셔 버렸다. 이 음료수가 마법을 부렸으면 좋겠다. 뇌를 맑게 해 주고, 모든 시험 문제를 꿰뚫어 보게 하고, 건성으로 지문을 파악할 경우 경고음을 보내 주었으면 좋겠다. 아니다. 그냥 시험 문제만 보면, 뇌가 알아서 척척 풀어냈으면 좋겠다. 정말 그런 마법의 약이었으면 좋겠다.

"자, 얘들아. 곧 시험이 시작되니까 자리에 앉아라. 모두 시험 잘 보자!"

미담이가 주위를 돌아다보면서 특유의 굵고 큰 목소리로 소리친다. 이 순간만큼은 그녀의 목소리가 교실을 지배한다. 메아리가 울린다.

채니는 교실에서도 메아리가 울린다는 사실을 처음 알았다.

곧이어 4교시를 알리는 음악 소리가 울린다.

25개의 책상이 직사각형 교실 공간을 최대한 활용하여 분산되어 있다. 맨 앞줄은 교탁 앞까지 전진해 있고, 맨 뒷줄은 사물함에 닿을 정도로 물러나 있고, 양 옆은 각각 벽이 닿을 정도로 역시 붙어 있다. 그렇게 네 줄로 흩어진 책상과 책상의 거리는 너무 멀어서, 도저히 부정행위를 할 수 없다. 그런데도 시험 감독관이 두 명이나 배치된다. 한 선생님은 교탁 앞에서 주차 감시를 하는 카메라처럼 눈을 움직이고, 또 한 선생님은 이동 주차 단속반처럼 움직인다. 시험 시간은 10분이다. 딱 한 문제뿐이지만 재시험이니까, 실수하지 말고 다 풀어 보라는 뜻으로 넉넉하게 시간을 배려해 준 것이다.

채니는 딱 2분 만에 그 문제를 풀었다.

그만큼 쉬운 문제였다. 너무 쉬워서, 혹시 그게 함정일까 봐, 홍웅주 선생님 말처럼 너무 자만했을까 봐 문제를 다시 풀고, 또다시 풀었다. 열 번도 넘게.

수학 재시험을 치르고 나자, 채니는 자신이 민원을 제기한 물리 문제도 잘 해결될 것이라는 자신감이 붙었다. 재시험이 끝나자마자 홍웅주 선생님이랑 어머니한테 카톡이 왔다. 똑같은 내용이었다.

채니는 똑같이 대답했다.

채니: 시험 잘 봤어요. 오랜만에, 시간에 쫓기지 않고, 시험 문제를 분석 분해하는 수준으로 풀었어요. 모든 문제를 이렇게 풀 수 있도록 시간을 넉넉하게 줬으면 좋겠어요.

홍웅주 선생님한테 곧장 답장이 날아왔다.

응주 샘: 고딩 시험이란 학생들이 학교에서 배운 것을 얼마나 잘 이해하고 있는지를 알아보려고 보는 게 아냐. 고딩 시험이란 대학 보낼 순번을 정하기 위한 형식일 뿐이야. 1등부터 꼴등까지 줄 세우는 과정이라고. 그니까 시간을 짧게 주고, 최대한 지문을 많이 내서 문제 푸는 데 시간이 많이 걸리게 하는 거야. 결국 시간 싸움이라는 거지, 단 한 문제라도 지체하는 순간 밀려 나가는 거야.

응주 샘: 그니까 수능은 재수생 삼수생이 유리하다는 거지.

응주 샘: 그들은 날마다 수능 연습만 하니까.

응주 샘: 어쨌든 1문제에 10분이나 시간을 준 건, 재시험이라 가능했던 거야. 사실상 모든 학생들에게 정답이라고 인정해 준 셈이지. 그래도 못 푼 학생이 있겠지만.

홍웅주 선생님은 물리 선생님과의 상담이 언제냐고 물었다. 채니는 5교시라고 대답했다. 홍웅주 선생님은 어제 이야기한 대로만 차분하게 말하면 된다고 했다. 채니는 고맙다고 답장을 보냈다.

급식을 먹고 다시 교실로 돌아오자 묘하게도 긴장이 되었다.

5교시는 체육 시간이다. 물리 선생님은 체육 선생님한테 양해를 구한 상태이기 때문에 도서관 옆에 있는 상담실로 오라고 했다. 채니는 가방을 메고 일어선다. 가방 속에 홍웅주 선생님이 준 자료들이 들어 있다. 홍웅주 선생님은 물리 선생님하고의 상담을 전쟁이라고 표현했다.

"그것도 시험만큼이나 중요한 전쟁이야. 그니까 작전이 중요해. 조금도 빈틈을 보이면 안 돼. 네가 아무리 말을 잘한다고 해도 30년간 학생들을 상대해 온 노련하고 늙은 군인이나 다름없는 물리 선생님을 당해 낼 수는 없어. 그니까 섣부르게 네가 말을 많이 하면 안 돼. 일단 선생님 이야기를 들어. 물리 선생님은 어떻게 해서든 널 이해시키고 설득하려고 할 거야. 선생님들은 원래 그래. 절대 자기 잘못을 인정하지 않거든.

수학 선생님도 그랬을 거야. 수학 시험 민원을 제기한 학생 이모가 수학 선생님이래. 그 이모가 수학 문제를 보고 말해 준 거지. 그러자 학생 측은 처음부터 아주 강하게 나갔어. 게다가 그 학생 아버지가 현직 검사니까 쉽게 학부모들을 규합할 수 있었고, 곧장 학부모 게시판에다 문제를 터트린 거야. 그래서 학부모 게시판이 난리가 나게 했고, 수학 문제 하자를 인정하지 않으면 그것을 공식적으로 교육청 홈페이지에다 올리겠다고 했고, 모든 전문가들이 참여해서 검증하겠다고 했고, 심지어 언론까지 언급한 거야.

너희 학교는 사립이야. 국공립하고 달라. 사립은 조금이라도 시끌시끌 문제 되는 거 싫어해. 민원을 제기한 학생 부모는 그런 틈을 파고든 거야. 그러니 민원을 받아들일 수밖에 없었던 거지. 어쨌든 그런 분위기는 우리한테 유리해. 그러니까 주눅 들지 말고 자신 있게 선생님을 대해야 해. 알았지?"

채니는 상담실에 들어갈 때까지도 홍웅주 선생님 목소리를 떠올렸다.

상담실에 들어서자 물리 선생님이 웃으면서 수학 재시험을 잘 봤냐고 물었다. 채니가 잘 풀었다고 이야기하자, 돌연 시험 감독자로서 참 흐뭇하고 편안했다는 말을 끄집어낸다.

"이런 재시험에 처음 시험 감독관으로 들어가 보았는데, 다른 때하고 달리 참 좋았다. 학생들이 열심히 문제를 푸는 것도 좋았고. 시간 여유가 있으니까, 이렇게 저렇게 풀어 보는 것이 좋았다는 뜻이야. 시험이란 그렇게 봐야 하는데, 현실이 그렇지 못한 게 안타깝기도 했고……."

그러더니 왜 민원을 제기한 4번 문제의 정답이 두 개라고 생각하느냐고 물었다. 조금 뜻밖이었다. 물리 선생님은 일방적으로 채니를 설득하려고 하지 않았다. 채니가 바로 대답하지 않자 천천히 대답해도 된다고 말했다.

물리 선생님이 과학탐구 시험지를 꺼내 주었다. 그걸 보고 차분하게 이야기를 해 보라는 뜻이다.

채니는 나름대로 논리를 만들어 보려고 애를 썼다. 물리 선생님은 반박하지 않았다. 10분, 20분, 30분이 흘렀다. 채니가 말을 하고 나면, 또 할 이야기가 없냐고 물었다. 선생님은 채니 이야기를 듣기만 했다. 채니는 홍웅주 선생님이 준 자료까지 내밀었다. 물리 선생님은 그것을 받아서 훑어보았다.

"그래서 더 할 말이 없니?"

"예."

"채니야, 네 말이랑 준비해 온 자료를 보니까, 선생님이랑 물리학에 대한 학문적인 논쟁을 하자고 하는 것 같구나. 근데 그 문제는 학문적인 논쟁을 할 만한 내용이 아냐. 선생님이 출제한 의도는 거기 지문에 다 들어 있어. 그 지문을 읽어 보고 묻는 대로 답을 고르면 되는 거야. 즉 지문을 제대로 이해했냐 아니냐가 중요하지, 이런 학문적인 내용이 중요한 건 아냐. 이건 전혀 다른 문제야. 난 딱 범위를 좁혀서 지문에 있는 내용만 물어본 건데, 넌 지문에 없는 다른 내용까지 들고 와서 다른 것까지 정답이라고 우기는 거야. 알겠니?"

하마터면 고개를 끄덕일 뻔했다. 채니는 고개를 떨궜다. 물리 선생님하고 눈을 마주치는 순간 바로 모든 상황이 끝나 버릴 것만 같다. 그래도 물리 선생님 말을 인정해서는 안 된다. 홍웅주 선생님 말처럼 이미 화살은 활을 떠난 상태다. 이건 싸움이다. 전쟁이다. 전쟁에는 옳고 그름이 없다. 이기느냐 지느냐, 그것만이 있을 뿐이다. 채니는 은연중에 슬쩍 입술을 깨물었다가 풀어 본다.

"저는 5번도 정답이라고 생각합니다. 3번만 정답일 수는 없습니다."

준비한 말을 또박또박 내뱉는다. 물리 선생님이 한숨을 내뱉는다. 그리고 다시 과학탐구 시험지를 앞으로 내밀고는 볼펜으로 표시하면서 설명한다. 채니는 선생님이 무슨 말을 하는지 다 알지만, 5번도 정답일 수 있다고 다시 말한다. 선생님은 그 문제의 본질에서 벗어났다고 했다. 채니는 다른 생각이 가능하지 않느냐고 되물었다.

물리 선생님은 똑같은 말을 되풀이한다. 이것은 지문을 잘 읽어 보고 거기에서 요구하는 대로 답을 찾아내야 하는데, 너는 지금 지문에서 요구하지도 않은 것을 찾아서 그것도 답이라고 우기고 있다고 했다. 채니는 강하게 부정한다. 저도 모르게 채니 목소리가 더 강하게 튀어나온다. 이건 전쟁이다.

물리 선생님이 EBS 문제집이랑 작년도 모의고사 문제지를 꺼내서 보여 준다. 지문 그림만 살짝 변형했을 뿐 똑같은 문제라고 하면서. 만약 5번도 정답이라면 이 문제들도 다 틀린 것이라고. 만약 그렇다면 벌써 시끌시끌했을 것이라고.

채니는 더 이상 물리 선생님에게 맞설 수가 없다. 가슴 속에서 딱딱한 것들이 꿈틀거린다. 아프다. 뭔가 굳어지는 것 같다. 저도 모르게 채니가 가슴을 문지르자, 울컥 눈물이 터진다. 뾰족한 돌멩이가 가슴을 찌른다. 가슴이 아프다. 눈물이 터진다. 가슴 속에서 사는 돌멩이들이 마구 뼈를 찌른다. 아프다. 채니는 머리카락이 땅에 닿도록 머리를 숙인다. 선생님도 당황했다.

"채니야, 어디 아프니?"

채니는 벌떡 일어나서 상담실을 뛰쳐나왔다. 어디로 가는지 알수 없었다. 보건실을 생각했는데, 엉뚱하게도 밖으로 나갔다. 학교 뒤쪽 주차장 근처였다.

채니는 나무에 기대어 울었다. 엉엉 울었다. 울다 보니, 누군가옆에 있었다. 미담이다.

"채니야, 채니야, 너 왜 그래?"

"몰라. 그냥 사라져 버리고 싶어. 그냥, 어디론가!"

그건 솔직한 심정이다. 이 세상에 존재하고 싶지 않았다.

미담이가 채니 등을 토닥여 준다. 그러자 어느 순간부턴지 채니는 물리 선생님이랑 상담하게 된 모든 상황을 한껏 과장하고부풀려서 떠벌리고 있었다.

채니의 말을 들은 미담이는, 진정하라는 말을 되풀이하더니 다잘될 거라고 응원해 준다. 미담이가 오늘따라 고맙다.

아무런 하자가 없는데
공동 정답을 인정하라니!

채니 담임인 박미선 선생님한테서 전화가 왔다. 현숙은 수영을 마치고 나오던 참이었다. 채니가 심하게 체한 것 같다면서, 아무래도 병원에 가 봐야 할 것 같다고 했다. 현숙은 당황했다. 몇 번이나 채니한테 전화를 걸었다. 받지 않았다. 느낌이 좋지 않다. 수학 재시험을 치르고 5교시 체육 시간에 물리 선생님과 상담한다고 했다. 현숙은 모든 게 잘될 것이라고 생각했다. 홍웅주 원장님 말처럼 쉽게 해결되리라고 판단했다. 아니, 그를 믿고 싶었다.

수학 시험에 대한 민원이 제기되는 것을 보았고, 오늘 재시험이 치러졌다. 학부모로서 그런 과정을 보면서, 다들 그렇게 하는구나, 생각했다. 딸을 셋이나 키우고 있지만 오롯이 학부모 노릇을 하기는 이번이 처음이다.

첫째 채연은 어려서부터 워낙 혼자 잘했다. 당연히 공부를 잘

했고, 친구 관계부터 무엇 하나 현숙의 손을 거치지 않았다. 심지어 학원조차도 본인이 선택했다. 둘째 채수도 언니만큼이나 잘했다. 채수는 언니보다 성격이 더 활발했고, 현숙에게 재잘재잘 학교에서 있었던 일들을 떠벌렸다. 성적은 언니만큼 나오지 않았지만, 뭐든지 하고 싶어 하고 긍정적으로 임하는 자세가 좋았다. 어쩌면 언니보다 더 성공할지 모른다고 은근히 기대했던 것도 사실이다. 채수는 욕심도 많았다. 학원을 다녀도 원하는 만큼 성적을 올리지 못하면, 개인 과외 선생님을 붙여 달라고 했으니까.

현숙은 두 딸을 그렇게 키웠다. 아무런 걱정이 없었다. 하지만 늦둥이로 태어난 채니는 달랐다. 어려서부터 비실비실 잔병치레를 달고 살았고, 학교에 들어가서도 제대로 적응하지 못했다. 친구도 사귀지 못했다. 채니는 하나하나 챙겨 줘야 하는 아이였다. 다행히도 중학생이 되면서 공부하는 요령을 깨우치기 시작했고, 키가 부쩍 자라면서 몸도 건강해졌다.

현숙은 교수직을 놓는 순간부터 마음속으로 다짐했다. 이제부터는 제대로 학부모 노릇을 하겠다고, 채니만큼은 두 딸처럼 방목시키지 않을 거라고. 그러면서 늦둥이로 태어난 채니가 얼마나 사랑스럽고 고마웠는지 모른다. 게다가 채니는 언니들하고 성향이 전혀 달랐다. 무엇보다도 현숙의 말을 잘 들었다.

"너, 꿈이 뭐야? 나중에 어른이 되었을 때 하고 싶은 거 있어?"

중학교 교복을 맞추면서 물었다. 채니는 모르겠다고 했다.

현숙은 솔직하게 말했다.

"그럼 의사 어때? 다행히 넌 수학도 좋아하고 이과 체질이니까. 언니들 봐라. 그래도 학교 다닐 때는 공부도 잘했는데, 하나는 타투한다고 지랄하고 있고, 또 하나는 교대 때려치우고 시집가더니 벌써 이혼하고 빈둥빈둥……. 엄마가 진짜 속 터진다. 너는 달라야 해."

현숙의 말이 길어져도 채니는 대꾸하지 않았다. 어디 하고 싶은 대로 말을 다 해 보라는 식이었다. 현숙의 말이 끝나자, 채니는 알았다고 짧게 대답했다. 현숙의 뜻대로 의대에 가겠디는 눈빛이었다. 그때부터 현숙은 채니를 의대에 보내겠다고 주변 사람들에게 선언했다.

대학 맞춤 학원에 가서 홍웅주 원장님이랑 상담하고 나올 때는 얼마나 뿌듯했는지 모른다. 원장님은 채니랑 이야기하고 여러 가지 테스트를 했다. 그런 다음 현숙을 불러서, 채니는 의대에 갈 가능성이 충분하다고 했다. 물론 앞으로 중학교 3년, 고등학교 3년이라는 시간을 잘 버텨 내야 한다는 전제 조건이 붙었다. 현숙은 원장님을 믿고 그 긴 여정에 동참하기로 했다. 원장님 말처럼 중학교 시간이야 별로 중요하지 않고, 이제부터는 한 걸음 한 걸음 신중하게 나아가야 한다. 그런데 고등학교 1학기 첫 중간고사부터 꼬이는 기분이다.

학교 주차장에다 차를 정차하자마자 홍웅주 원장님한테 전화가 왔다. 현숙은 현재 상황을 솔직하게 말했다. 원장님은 어느 정도 예측했다는 말투였다.

"교수님, 괜찮습니다. 너무 걱정 마시고, 일단 채니를 조퇴시키고 병원에 가서 힘이 될 만한 칵테일 주사라도 한 대 맞추고 오세요."

"원장님, 괜찮을까요? 괜히 민원을 제기한 게 아닌가 하는 생각도 들고……."

그것도 솔직한 표현이었다. 현숙은 아직까지도 뭔가 불안했다.

"아이고, 교수님! 저만 믿고 마음을 단단하게 추스르셔야 합니다. 그래야 채니도 흔들리지 않습니다. 저만 믿으십시오! 물리 선생님이 저희 또래라서 교육에 대한 순수한 사명감 같은 게 젊은 교사들보다는 더 강할 겁니다. 아무래도 그렇죠. 근데 오래가지 못할 겁니다."

현숙은 고맙다고 하면서 전화를 끊었다.

오늘 오전에 같은 아파트에 사는 채니네 반 어머니 두 분이랑 통화했다. 종종 얼굴을 마주쳤지만 개인적으로 친한 사이는 아니었다. 그래서 망설였는지 모른다. 신기하게도 막상 통화를 하자, 상대방이 믿기지 않을 만큼 반겨 주었다. 현숙은 그분들을 통해서 최근에 학교 분위기를 더 파악할 수 있었다. 그분들은 더 많은 정보를 알려 주지 못해서 안달이 난 듯 했다. 현숙이 한 마디만 던지면, 그것에 10배, 20배의 정보를 쏟아 냈다. 그분들 입에서 나오는 말은, 엄청난 속도로 번식하는 세포들 같았다.

현숙은 채니네 반 학생 어머니에게 슬그머니 김민식 선생님에 대한 평판을 물었다. 선생님은 아주 평가가 좋았다. 그는 작년까지 3학년 담임을 맡았다고 했다.

"민식 샘 덕분에 작년에 1.6등급 맞은 아이도 S대 의대에 갔어요. 보통 의대는 수시에서 3배수 정도로 뽑아 놓고 면접을 통해서 최종 합격자를 가린답니다. 사실 1.6등급이면 다른 학교에서는 지방 의대도 갈 수 없죠. 근데 가능했던 것은, 민식 샘이 써 준 생기부 때문이라고 하더라고요. 민식 샘은 물리를 소재로 하는 글쓰기 수업도 병행한답니다. 시나 소설, 그밖에 자유로운 글을 쓰게 하고, 그렇게 학생들의 글을 소개하면서 생기부를 꼼꼼하게 써 준답니다. 그러니 다른 학교에서 선생님들이 형식적으로 써 주는 그저 그런 생기부하고는 다르지요. 의대 교수들이 그걸 보고, 아이 학생은 다르구나, 느끼게 한답니다. 그래서 인기가 많으세요. 물리는 원래 재미없는 과목이잖아요? 그런 선입견을 깬 선생님이라고 하더라고요. 지금도 그분은 문학과 철학, 그밖에 다른 예술 분야를 물리와 결합시켜서 수업을 하시나 봐요. 평상시에 강연과 영화 공연도 원하는 학생들을 데리고 다니고요……."

아직도 그런 선생님이 있다니, 솔직히 현숙은 믿기지 않았다.

어쨌든 채니네 반 어머니들 말을 듣다 보니, 김민식 선생님은 꽤 괜찮은 분이었다. 그런 선생님과 맞서야 한다는 사실이 조금은 서글펐다. 그래도 어쩔 수 없다고 생각했다. 홍웅주 원장님 말처럼 사사로운 감정에 빠져서는 안 된다.

그런 생각을 하다 보니, 누군가 옆에 다가오는 것도 몰랐다.

"채니 어머니 맞으시죠? 우연히 지나가다가 보니 어머니이신 것 같아서요……."

채니 담임인 박미선 선생님이다. 지난 3월, 상담실에서 30분 정도 마주했던 기억이 떠올랐다. 새 학기가 시작되면 모든 학부모들이 담임 선생님과 상담하는 시간을 갖는다.

현숙은 주위에 유독 크게 우거져 있는 느티나무를 보면서, 저 나무들 때문에 엉뚱한 생각에 빠져 있었다고 급하게 핑계를 댔다. 박미선 선생님은 유독 환하게 웃는다.

"저도 뭔가 답답할 때마다 이 나무들 보고 있으면 뭔가 위로받는 기분이 들어요. 참, 나무가 사람을 위로하다니……. 대단하다는 생각이 듭니다."

나무를 보고 그런 느낌을 받는다는 것은, 어느 정도 나이가 들었다는 뜻이다.

"아까 채니가 교실로 왔더라고요. 보건 샘이 준 약 먹고 한숨 자니까 많이 나아진 것 같아요. 그래도 오늘은 일찍 집에 가서 쉬라고 했어요. 전화해 보세요."

"예, 여러 가지로 신경 써 주셔서 감사합니다."

박미선 선생님은 자신만 알 수 있을 정도로 한숨을 쉰다.

"채니가 제기한 시험에 대한 민원은 잘 해결될 겁니다. 곧 연락드리겠습니다."

현숙은 다시 고맙다고 말하고 살짝 고개를 숙인다.

박미선 선생님이 사라지자 채니에게 전화를 걸었다. 채니는 힘없이 전화를 받았고, 5분도 지나지 않아 타박타박 걸어 나온다. 어깨에 걸쳐진 가방이 아이 몸을 이내 함락시킬 것만 같아서, 현숙은 종종걸음으로 다가가서 가방을 받아 주었다. 끔찍하게도 무겁다. 갑자기 가슴이 답답해진다. 그러면서도 어쩔 수 없다고 생각하며, 차에 타자마자 페트병을 집어 든다.

채니는 묻는 말에만 거의 단답형으로 대답한다.

"몸은 어때? 체한 거야?"

"그렇대."

"왜 체했어? 급식 뭐 나왔어?"

"집밥!"

"물리 샘이 뭐래?"

"내가 틀렸대!"

"원장 샘이 준 자료들도 보여드렸어?"

"응."

"그러고는?"

"시험 문제와 상관없는 자료래!"

"원장 샘이랑 통화했어?"

"아니."

그 정도만 채니랑 말을 주고받고, 곧장 현숙이 아는 병원으로 향했다. 의사는 학교에서 체했다는 말을 듣자마자 더 듣지 않아도 알겠다는 표정을 지었다. 채니가 주사실로 가서 누웠다. 간호사가 칵테일 주사 부작용을 설명해 주었다. 현숙이 괜찮다고 하자, 30분 정도 걸린다고 했다. 현숙은 채니 얼굴이 평온해지는 것을 보고 밖으로 나왔다.

홍웅주 원장님한테 전화를 걸었다. 현숙의 말을 들은 그는 분노했다.

"그래 한번 해보자, 이거네요! 제가 챙겨준 자료가 그 시험 문제가 전혀 상관이 없다고요! 진짜 어이가 없네요. 어쨌든 교수님, 심려 끼쳐 드려서 죄송합니다."

현숙은 조심스럽게 채니가 너무 힘들어하면 그만두는 게 어떠냐고 말했다. 이 학교에서는 1.6등급도 서울대 의대에 간다는 말도 들었고, 이제 1학년 1학기니까 앞으로 더 잘하면 되는 거 아니냐고 했다. 홍웅주 원장님은 웃었다.

"교수님, 그런 마음으로는 채니 의대 보내기 힘듭니다. 물론 딸이 안쓰럽지요. 저렇게 힘들어하는 모습을 보면……. 저도 부모나 다름없는데 왜 모르겠습니까? 근데 체력을 유지하는 것도, 아프지 않는 것도, 다 실력입니다. 앞으로 3년간 신처럼 살아야 합니다. 그래야 의대 간다니까요. 작년에 1.6등급 아이가 S대 의대에 붙은 것은 기적이고, 그런 일은 다시 일어나지 않습니다. 게다가 한 번 밀리기 시작하면 계속 밀립니다. 채니네 학교에서는 1학년 때 자퇴하는 학생이 가장 많습니다. 입학할 때는 300명이라고 하는데, 졸업할 때는 250명 정도 됩니다. 50명 정도 빠져나가지요. 그게 다 1학년 때 나갑니다. 1등급 못 받는 아이들이 다른 일반 학교로 가거나 아예 검정고시 쪽으로 방향을 돌리거나 그렇지요. 교수님, 독하게 마음먹어야 합니다."

현숙은 알았다고, 감사하다고 대답한다. 그러면서 오늘 감사하다는 말을 유독 많이 뱉는다고 생각한다. 과연 감사하다는 말이 적절했는지 그건 모르겠다. 어쨌든 지금은 홍응주 원장님을 믿고 가는 게 맞다. 그럴 수밖에 없다.

"교수님, 제가 김민식 선생님을 만나볼까 합니다."

"그래도 되나요?"

"뭐 괜찮을 겁니다."

"저야 상관없는데…… 그게…….""

솔직히 현숙은 잘 모르겠다. 이렇게 사교육 선생님이 나서도 되는 건지, 도무지 판단을 할 수 없었다. 그렇다고 거절할 수도 없었다. 진심으로 딸을 위해서 나선다는 것을 아는데, 거절하는 건 예의가 아닌 것 같다.

"걱정 마세요. 제가 잘 알아서 하겠습니다."

"예, 그럼, 저는 원장님만 믿겠습니다."

"교수님, 예전에도 제가 이런 말을 했을 겁니다. 채니는 의대에 갈 수 있는 조건을 다 갖춘 아이라고요. 솔직히 모든 부모들이 자녀분들을 의대에 보내고 싶어 하는데, 저는 냉정하게 말합니다. 모두 다 가능한 게 아니라고요. 열심히 노력한다고 다 가능한 게 아니라고요. 의대에 갈 정도로 공부 잘하는 머리는 타고나야 합니다. 유전적인 영향이 크다는 뜻이지요. 그런 유전적인 영향이랑 집안 환경이 중요한데, 채니는 그걸 다 갖고 있잖아요? 경제력도 되고, 부모님 두 분이 다 교수님이니까 공부하는 머리도 되고요. 그러니 채니는 무조건 앞으로 나아가야 합니다. 그래도 안 되면, 그때 제가 다른 방법을 알려 드리겠습니다. 뭐 외국으로 가서 의대 가는 방법도 있거든요. 일본이나 미국, 호주 같은 곳은 2등급 정도면 의대에 갑니다. 더 쉬워요. 그런 방법도 있으니까, 걱정 마시고……."

현숙은 다시 고맙다고 말했다. 그 말밖에 입 안에서 맴도는 말이 없었다.

*

지구과학, 화학을 가르치는 선생님들을 보면서, 민식은 이런 민원이 발생하게 되어 본의 아니게 죄송하다는 말부터 꺼냈다. 두 분은 거의 동시에,

"재수 없으면 걸리는 건데요!"

하고 말했다. 어떻게 그 말이 동시에 나올 수 있을까. 혹시 사전에 입을 맞춘 건지 묻고 싶다. 선생님들은 그 물음에 답하듯 고개를 흔들다가 씁쓸하게 웃으면서 고개를 돌린다.

민식보다 나이가 많은 사람은 지구과학 채윤억 선생님이다. 노란 테 안경에다 유독 얼굴이 말라서 더 늙어 보인다. 게다가 목소리마저 작다. 뱉어 내는 목소리는 근처 1미터도 퍼져 나가지 못하고 다시금 그의 몸속으로 빨려드는 것 같다. 그는 몇 년 전 성대 수술을 했다. 그때부터 목소리가 작아졌고, 지금은 수업 시간에 마이크를 사용한다.

채윤억 선생님은 자신의 목울대를 손으로 문지르면서 민식을 쳐다본다.

"김민식 선생, 보이차나 한잔합시다."

"그렇지 않아도 지금 끓이고 있습니다."

민식이 말하자마자 옆에서 화학 윤진화 선생님이 찻잔을 돌린다. 생명과학 이나래 선생님은 아직 오지 않았다. 생명과학 선생님은 작년에 부임한 새내기 여자 선생님이다.

"아, 좋네. 따뜻한 것이 목을 적시고 내려가니까. 김 선생은 나중에 퇴직하고 찻집을 하시면 좋을 거 같아요."

민식은 웃으면서 그런 생각은 해 본 적이 없다고 대답했다.

"그럼 만나서 그냥 차 마시고 놉시다. 어쨌든 난 이런 민원을 하도 많이 받아 봐서 별로 놀랍지도 않습니다만, 물리는 참 의외입니다."

"저도 처음이라 약간 당황스럽습니다."

민식은 급하게 들어오는 이나래 선생님을 보면서 어서 오라고 손짓했다. 종례가 의외로 길어져서 죄송하다고 말하는 이나래 선생님은 자신의 물병을 가지고 온다. 그 물병에는 몸에 좋다는 온갖 비타민들이 들어 있을 것이다. 이나래 선생님은 보이차를 좋아하지 않는다. 아니, 보이차를 불신한다. 보이차가 생산되는 중국 현지에 가 봤는데, 그 불결함을 본 뒤로는 도저히 마실 엄두가 나지 않는다고 했다.

"자자, 회의합시다! 김 선생, 어떡하실 거예요?"

자연스럽게 가장 연장자인 채윤억 선생님이 회의를 끌어간다. 민식은 무척 당황스럽다. 어떡하실 거냐니? 우선 민원이 제기된 문제를 다 같이 파악해야 하는 게 아닌가.

그런 민식의 마음을 읽기라도 했는지 이나래 선생님이 입을 열었다.

"저는 학교에 온 지 얼마 안 되어서 잘 모르겠지만, 일단 민원이 제기된 그 문제를 냉정하게 들여다봐야 할 것 같습니다. 그 다음에 어떻게 할지 생각해야 하지 않나요?"

민식은 고개를 끄덕이면서 이나래 선생님 의견에 동조한다는 뜻을 보였다.

채윤억 선생님은 연달아 보이차를 마시더니 노란 테 안경을 만지작거린다.

"당연히 그래야지요. 하지만 뭐 뻔하잖아요? 이번 문제도 얼핏 봤는데, 제가 보기에는 아무런 문제가 없어요. 그래서 김 선생에게 어떻게 하실 건지 묻는 겁니다. 그냥 수학처럼 하실 건가? 아니면?"

윤진화 선생님도 비슷하게 말했다.

"저도 민원이 제기된 문제를 봤는데, 별문제가 없다고 생각했습니다. 그래서 이제 수학처럼 처리하실지 아니면 다른 생각을 하시는 건지……."

결국 민원을 받은 당사자인 민식에게 모든 문제 해결을 위임한다는 눈빛이다. 그렇다는 것은 자신들이 이 문제에 적극적으로 개입하지 않겠다는 뜻이고, 당연히 문제가 더 커졌을 때 조금이라도 책임지지 않겠다는 뜻이다.

그때 이나래 선생님 목소리가 울렸다. 약간 더듬거리는 듯하면서도 크고 맑은 목소리다.

"저는 이런 경우가 처음이라 잘 모르지만, 우리 교과 샘들의 모든 의견을 모아야 하지 않을까 생각합니다."

채윤억 선생님이 알았다고 하고는 시험 문제를 한 번 더 보자고 했다. 각자 시험 문제를 꺼내 살펴보았다.

이번에는 민식이 나섰다. 민원이 제기된 그 문제를 출제하게 된 이유를 설명했다. 그런 다음 문제를 천천히 읽었다. 비슷한 문제도 소개했다. 선생님들한테 설명하다 보니, 민원이 제기된 문제에 대한 생각이 더 확실해졌다. 전혀 헷갈릴 만한 문제가 아니다. 너무도 명확하게 다듬어진 문제다. 출제자의 의도는 지문에 다 담겨 있다. 그것만 잘 파악하고 묻는 것에 답을 찾아내면 된다. 선생님들은 민식의 말에 모두 공감했다.

"이건 뭐 재작년에 낸 중간고사 문제랑 거의 같네요. 그리고 3년 전에 실시한 전국 모의고사 문제하고도 거의 같고요."

채윤억 선생님 말에 화학 선생님이 말을 이어간다. 삼십 대 중반인 윤진화 선생님은 이십 대부터 탈모가 시작되어 오십 대로 보인다. 게다가 목소리마저도 느릿느릿하여 훨씬 노련해 보인다.

"사실 문제를 제기하려고 작정하면 못 할 게 없습니다. 이 문제도 그래요. 출제자 의도는 명확한데, 5번도 정답이라고 민원을 제기 한 학생은 출제자 의도에서 벗어나서 생각한 거잖아요? 3번도 정답이지만 5번도 정답이다. 그렇게 생각할 수도 있지 않느냐? 왜 한 가지만 획일적으로 생각하게 하느냐? 우린 늘 다양성을 강조하지 않느냐? 뭐 그런 식으로 민원을 제기한 것 같은데……. 그래서 지문이 있는 거잖아요? 5번도 정답이라고 한 학생은 지문 밖에서 답을 찾아낸 거나 마찬가지라고요."

"그치, 그치. 맞아요. 5번도 맞다고 한 학생처럼 생각한다면 시험이라는 것을 치를 수가 없어요."

채윤억 선생님은 생명과학 선생님을 보면서 어떻게 생각하느냐고 눈으로 물었다. 한동안 민식이 준 자료들까지 뒤적이던 이나래 선생님이 모두를 쳐다보면서 고개를 끄덕인다.

"저도 그렇게 생각합니다. 사실 저도 이번에 생명과학 시험 출제할 때 며칠간 진짜 예민했거든요. 이렇게 민원이 발생할 수 있다는 이야기도 들었고, 그래서 출제한 문제를 다시 들여다보고 또 보고……. 하도 그러다 보니 제가 낸 문제를 믿을 수 없더라고요. 그러다가는 안 될 것 같아서 다시 마음을 잡고, 제가 낸 문제들을 믿기로 한 거죠. 이건 문제 제기 자체가 말이 안 됩니다. 출제자하고 전혀 다른 차원에서 답을 구한 겁니다. 저는 이걸 공동 답안으로 인정할 수 없다고 생각합니다. 만약 그렇게 된다면 다른 시험 문제에도 얼마든지 문제가 생길 수 있습니다."

민식이 하고 싶은 말이, 이나래 선생님 입에서 흘러나왔다. 모두가 그 말에 공감했다. 하지만 대처 방식은 달랐다. 채윤억 선생님과 윤진화 선생님은 민원이 제기된 그 문제가 이상이 있느냐 없느냐가 그다지 중요하지 않다는 식이었다.

"그럼 뭐가 중요합니까?"

이나래 선생님이 물었다.

"민원이 들어왔다는 것, 그게 중요합니다."

"그치요. 그러니까 어떻게 해결할 것인가, 그게 중요하다는 뜻입니다."

채윤억 선생님과 윤진화 선생님이 연달아 말했다. 이나래 선생님은 무슨 뜻인지 모르겠다는 눈빛으로 민식을 보더니 오채니 학생을 만나봤냐고 물었다.

민식은 미리 말하려고 했었는데, 뒤늦게 하게 되어 죄송하다고 먼저 사과했다.

"오늘 5교시 때 오채니 학생이랑 면담을 가졌습니다. 당연히 오채니 학생은 5번도 공동 답이라고 우기고 있고, 관련 자료도 어마어마하게 가져왔더라고요."

"무슨 자료요?"

이나래 선생님이 물었다.

"뭐라고나 할까요? 군이 설명하자면, 해당 문제에 대한 물리학적인 내용이랄까요. 근데 그게 학문적인 내용을 다루는 문제도 아니고……. 암튼 온갖 물리학적인 내용을 복사하고, 또 누가 정리해 준 것들을 들고 왔더라고요. 이야기를 듣다 보니 그 학생도 들고 온 것들을 전혀 이해 못 해요. 뭐 뒤죽박죽인 거죠. 그냥 말도 안 되는 논리를 억지로 우기고 있는 거죠. 제가 이야기를 듣다가, 그건 틀린 거야 하고 문제 제기하면 당황하면서도, 무조건 5번도 정답이라고만 하는 거죠. 그런 식입니다. 한마디로 거의 말이 통하지 않았습니다. 마치 외계인하고 대화하는 것 같았습니다. 제가 왜 시험 문제에서 묻는 걸 답하지 않았느냐, 하고 물으면 자기는 그렇게 했다는 겁니다. 봐라, 지문에 이런 그림이 있다. 이 그림에서 문제를 찾으라고 하지 않았느냐? 근데 5번은 지문에서 찾을 수 없는 전혀 다른 차원의 답이다. 그렇게 말해도 인정하지 않고, 우기다가 자기 말이 꼬이니까 그냥 울면서 뛰쳐나가 버리더라고요!"

"와, 진짜 심각하네요."

이나래 선생님은 한숨을 내뱉었다.

채윤억 선생님은 오채니 학생에게 온갖 자료를 준 사람이 누구냐고 물었다. 혹시 오채니 학생 부모님 중에 물리 선생님이 계시냐고 묻기두 했다.

"아닙니다. 아마도 학원 선생님이 뒤에서……. 근처에 의대 전문반으로 유명한 학원 있잖아요?"

민식의 말이 끝나기도 전에 윤진화 선생님이 뒷목을 잡는다.

"그 학원 대충 아는데……. 아, 쉽지 않겠는데요."

채윤억 선생님도 비슷하게 말했다.

"그렇군요. 학원 선생님들이 개입되어 있다면, 진짜 더 어렵지요. 그 사람들은 자기네 학원을 걸고 싸움을 할 테니까요."

민식도 그래서 더 신중하게 생각하고 있다는 말을 했다.

한동안 가만히 있던 이나래 선생님이 민식을 보았다.

"아무리 그래도 아닌 건 아니잖아요? 그냥 공동 정답으로 인정할 수 없다고 하면 되는 거 아닌가요?"

대답은 채윤억 선생님 입에서 먼저 흘러나왔다. 목소리가 작아서 그런지 상체를 일으켜서 손짓까지 하였다.

"아니, 그게 그렇게 쉽지 않아요. 특히 학원 강사가 뒤에서 조종한다면요. 온갖 수단과 방법을 총동원해서 계속 학교를 힘들게 할 겁니다. 그렇게 해도 그 사람들은 전혀 다치지 않지만, 학교는 달라요. 학원은 그렇게 문제 제기를 할수록 더 유명해지고, 학부모 사이에서도 인기가 더 많아집니다. 아, 저렇게 꼼꼼하게 학생들 성적을 책임지는구나! 그렇게 인식될 수가 있다는 뜻이지요. 하지만 해당 선생님 정신은 완전히 피폐해지고 맙니다. 이런 걸로 몇 달간 끌어 보세요. 아마 버티지 못하고…… 옛말에 똥이 무서워서 피하나 더러워서 피한다는 말이 있는데, 이젠 무서워서 피하는 겁니다. 작년에 1학년 국어 선생님이 이런 민원에 시달리다가 결국 올해 휴직하셨잖아요. 그래서 민식 샘한테 어떻게 할거냐고 자꾸 묻는 겁니다."

"그래도 민원이 제기된 문제가 잘못된 게 아닌데……."

"하하하, 이나래 선생이 젊기는 젊네. 나도 저럴 때가 있었는데……."

윤진화 선생님은 이나래 선생님을 쳐다보면서 혼잣말에 가깝게 말했다. 이나래 선생님은 아무런 말을 하지 않았다. 윤진화 선생님이 민식을 보면서 손으로 얼굴을 문질렀다.

"제가 민식 샘을 잘 아는데, 벌써 걱정됩니다. 지금 건강도……. 몇 년 새 살이 부쩍 빠지고……. 아까 학년 부장 샘이 그러시더라고요. 잘 말해서, 그냥 적당히 정리하는 쪽으로 말해 보라고요. 민식 샘이 걱정된다고 하면서요. 수학도 그랬답니다. 어찌 됐건 민원을 받아들이고 재시험으로 정리했잖아요. 물론 재시험을 치른다고 다 해결되는 건 아닙니다. 수학의 경우 이전 시험에서 정답을 맞춘 학생들 중에서, 재시험에서 틀린 학생들이 반발하는 모양입니다. 재시험 때문에 그 학생들이 피해를 본 게 사실이니까요. 이래저래 골치 아프지만, 그래도 상위권 학생들이 틀린 건 아니라서 어찌어찌 해결해 가는 모양입니다. 그니까 재시험도 해결 방안이지만, 그것보다는 5번을 공동 답안으로 인정해 주고 빨리 정리하는 게 낫다고 생각합니다."

"나도 그 의견에 한 표 던집니다."

채윤억 선생님은 그렇게 정리하고 어서 회의를 정리하자는 뜻으로 목 운동을 연달아 하였다. 이나래 선생님이 민식을 빤히 쳐다보았다. 민식은 그 눈빛을 피하면서 잠깐 생각에 잠겼다. 수학하고는 경우가 다르다는 말을 하고 싶었다.

민식은 오늘 오후에 민원이 제기된 수학 문제를 몇 번이나 검토했다. 얼핏 보기에는 아무런 하자가 없어 보였다. 그런데 지문에 그려진 삼각형 그림을 보는 순간 고개를 흔들었다. 지문을 살펴보고, 출제자 의도대로 문제를 풀다 보면 정답이 나오지 않았다. 선다해 선생님 말과는 달리 그 민원은 정확했다. 다른 수학 선생님에게 슬쩍 물었더니, 그분 역시 출제자 실수를 인정했다.

"그렇다고 노골적으로 실수를 인정할 수는 없잖습니까? 그래서 그 시험 문제에 큰 하자는 없지만, 생각하기에 따라서 정답이 없을 수도 있으니까, 여러 가지 혼란을 막기 위해서 재시험을 치른다! 뭐 그렇게 결론을 낸 거죠. 그게 합리적인 거죠."

민식에게 귀띔해 준 수학 선생님은 그렇게 말하면서 씁쓸하게 웃었다. 그렇다면 수학 시험에 제기된 민원과 물리 시험에 제기된 민원을 같이 연결시켜서는 안 된다.

이나래 선생님이 입을 열었다.

"저는 잘 모르겠습니다. 그냥 다른 선생님들이 하시는 대로 따라가겠습니다."

민식은 낮게 한숨을 내뱉었다. 너무 쉽게 자기 의견을 접는 이 젊은 교사에게 살짝 서운해진다.

민식이 머뭇거리자 윤진화 선생님이 혼잣말에 가깝게 중얼거린다.

"진짜 앞으로 시험 문제 출제는 점점 더 어려워질 것 같아요. 등수를 내야 하니까 시험은 봐야 하고, 근데 걸핏하면 시험 문제에 민원을 제기하니……. 어쩌다가 이렇게 되었을까요?"

"그러게 말입니다. 어쩌다가 이렇게 되었을까요?"

채윤억 선생님 입에서 오늘따라 한숨 소리가 크게 흘러나온다.

민식은 교과 선생님들 앞에서 어떤 결론도 내릴 수 없었다.

우리나라 최고 물리학자
소 박사

    토요일 오전이다. 화장을 마치고 거실로 나온 현숙은 슬그머니 핸드폰을 들여다본다. 벌써 몇 번이나 일어났냐고 문자를 보냈다. 여전히 채니는 답이 없다. 안 되겠다. 집을 나가 2층으로 올라가서 도어락 비밀번호를 누른다. 집 안에 들어서자 눅눅한 냄새가 코를 찌른다. 제대로 환기가 되지 않았을 때 나는 냄새들, 오랫동안 사람이 살지 않았을 때 나는 냄새들. 채니가 살고 있는데도 이런 냄새가 나다니! 기분이 좋지 않다. 그러고 보니 현숙도 며칠간 이곳에 오지 못했다. 어찌 보면 환기가 제대로 안 된 게 당연하다. 현숙은 거실 창부터 열고 채니 방문을 두드린다. 대답이 없다. 갑자기 가슴에서 뭔가가 쿵 하고 떨어진다. 현숙은 급하게 문을 열어 제치며

    "채니야!"

불러본다. 그와 동시에 침대에서 채니가

"엄마, 왜 그래?"

얼굴을 찌푸리다가 다시 이불을 뒤집어쓴다. 다른 때라면 벌써 독서실에 가 있을 시간이다. 중간고사 이후 채니 일상은 완전히 무너져 버렸다.

현숙이 어디 아프냐고 묻자, 채니는 짜증을 내면서 이불을 더 뒤집어쓴다. 그와 동시에 몬스터 드링크 빈 병이 툭 떨어져서 침대 밑으로 사라진다. 빈 병이 채니 같아서 당황스럽다.

채니는 아직까지 현숙에게 말대꾸 한 번 한 적 없다. 사춘기도 없었다.

현숙이 그 어떤 말을 해도 채니는 대답하지 않는다. 현숙은 한숨만 내쉰다. 이런 시간이 길어지면 안 된다. 그렇다고 무작정 닦달할 수도 없다.

현숙은 채니 침대에 앉아서 한동안 침묵하다가,

"그래. 오늘 하루 푹 쉬어라."

낮게 말했다. 채니가 아니라 자신에게 말하듯이.

"엄마랑 아빠는 밖에 나갔다가 늦게 들어올 거야. 밥은 1층 집에 다 해 놨으니까, 배고프면 내려와서 차려 먹어. 너 좋아하는 떡갈비도 해 놨어. 살짝 렌지에다 데우면 돼."

여전히 채니는 말이 없다. 현숙은 채니 어깨를 톡톡톡 쳐 준다.

"너는 이제 그 문제에 신경 쓰지 마. 학교에서도 선생님들이랑 더 이상 이야기하지 마. 이제 원장 샘이랑 엄마가 알아서 할게."

이불을 뒤집어쓰고 있던 채니는 하마터면 소리칠 뻔했다. 아니, 어떻게 학교에 가는데 그 문제를 신경 쓰지 않을 수가 있단 말인가. 더구나 선생님들이랑 이야기도 하지 말라니, 이게 어디 말이나 되는가. 학교에 가지 않는다면 모를까, 그건 현실적으로 불가능한 말이다. 며칠간 학교를 쉬고 싶다. 채니는 그 말이 목구멍까지 나왔지만 끝내 밀어내지 못한다. 채니는 몸을 돌려 모로 누우면서 애써 몸에다 힘을 준다. 지금은 그래야 버틸 수 있다.

밤새도록 잠을 설쳤다. 같은 꿈을 반복해서 꾸기도 했다. 왜 그런 상황이 발생했는지 몰라도 꿈에서 채니는 김민식 선생님 물건을 훔쳐서 달아났다. 김민식 선생님을 비롯하여 반 친구들도 그 사실을 모르는데, 홍웅주 선생님은 그 사실을 알고 있었다. 홍웅주 선생님이 그것을 달라고 했다. 채니는 그것을 끝내 주지 않았다. 그런데 그것이 무엇인지 모르겠다. 그런 꿈이 되풀이되었다. 그 생각만 하면 이상하게도 몸이 더 무기력해졌다.

"아 참, 채니야! 이따가 정수 오빠한테 가 보든가! 주말에는 한가하다고 했으니까, 한번 연락해 봐. 편하게 찾아가도 될 거야."

현숙은 그렇게 말하면서 핸드폰을 들고 정수한테 문자 메시지를 보낸다. 혹시 오늘 채니가 찾아가도 되냐고 물었다. 금방 답장이 온다. 오늘 오후에 시간이 비어 있으니 병원 앞으로 오면 된다는 내용이다. 현숙은 재빠르게 채니한테 말했다.

"정수 오빠가 가능하다고 하니까, 이따가 오후에 나가 봐. 알았지? 집에서 뒹구는 것보다 밖에 나가서 바람도 쐬고, 정수 오빠한테 의대 생활도 듣고……. 그럼 개운해질 거야. 이번 일은 이야기하지 말고."

현숙은 다시 채니 어깨를 흔들면서 알았냐고 물어본다. 대답이 없다. 현숙은 다시 물어본다. 역시 대답이 없다. 현숙은 일부러 10분가량 침묵하다가 다시 물어본다. 채니가 확답할 때까지 이 방에서 나가지 않을 것이다. 이번에도 대답하지 않으면 좀 더 길게 침묵하다가 다시 물어볼 것이다. 그런 식으로 채니가 대답할 때까지, 묻고 또 묻고 그러면서 침묵할 것이다. 만약 채니가 대답하지 않는다면 내일 새벽까지 밤새 계속할 것이다. 절대 큰소리치지는 않을 것이다.

채니도 그걸 알고 있었다. 결국 현숙을 당해 낼 수 없다는 사실을 잘 알고 있다.

채니는 현숙이 다섯 번째로 묻자 알았다고 대답한다. 그제야 현숙은 일어난다.

1층으로 내려오자 남편 오 교수가 나갈 시간이 지났는데, 왜 이렇게 꼼지락거리냐고 잔소리를 해댄다. 시간을 확인하니 고작 10분이 지났다. 현숙은 정수기에서 찬물을 받아 벌컥벌컥 마시고 오 교수를 노려본다. 그래도 오 교수는 눈치 없이 약속 시간에 늦어서는 안 된다고 고시랑거린다. 친구 소 박사는 약속 시간 지키지 않는 사람을 가장 싫어한다는 말까지 나오자, 현숙은 가슴속에서 불덩어리가 튀어나오는 것 같다.

"여보오! 내가 지금까지 뭐 한지 알아요? 힘들어하는 채니 챙기고, 2층 청소하고……."

오 교수가 알았다고 하면서 집을 나간 뒤에도 현숙은 한동안 손으로 가슴을 누르고 있었다. 현숙은 화가 나면 지나치게 가슴이 뛴다. 그게 잘 진정되지 않는다. 작년부터 부정맥 약을 복용한다. 의사는 마음을 잘 다스려야 한다고 했다. 부정맥은 대부분 심리적인 요인 때문에 발생한다고 하면서. 그러니까 예민한 성격의 소유자들에게 많이 생기는 병이다. 현숙은 약 한 알을 더 먹는다. 그제야 마음이 차분해진다.

지하 주차장으로 내려와서 차에 오른다. 오 교수가 음악을 듣다가 무슨 말인가를 했지만, 현숙은 대꾸하지 않는다. 꽉 다문 입술이 개구리 같다. 오 교수는 얼굴이 약간 거무스름하고 깡말라서 이십 대 초반부터 아저씨라는 말을 달고 살았다. 그만큼 일찍 늙어 버린 사람이다. 그런데 환갑을 앞두고서야 젊어 보인다는 말을 자주 듣는다. 현숙이 보기에도 오 교수는 또래들보다 훨씬 젊어 보인다. 얼굴에 자글자글 주름이 많고, 피부가 좋은 것도 아닌데도 젊어 보이는 것은, 아직도 희게 물들지 않은 머리카락이 빽빽하기 때문이다. 뒷모습만 보면 소년 같다. 그러다가 앞모습을 보면 융통성이 하나도 없는 고지식한 선생님 같다. 실제로도 그렇다. 보기만 해도 답답하다. 어쩌다가 저렇게 변해 버렸을까. 대학원에 다닐 때 만난 그는 눈이 맑고 진취적인 청년이었다. 현숙은 그 눈빛에 반했다. 새삼 그때가 좋았다고 중얼거린다.

오 교수는 좋은 사람이다. 적어도 교수로서는 그럴 것이다. 성실하고 능력 있다. 그러나 한 여자 남편으로서는, 혹은 아버지로서는 F학점이다. 우선 오 교수는 너무 말이 없다. 집에 와서는 무조건 쉬려고만 한다. 아이들에게도 고물고물 놀아 준 적이 없다. 그 어떤 간섭도 하지 않았다. 놀이공원조차 같이 가 본 적이 없다. 그래도 현숙이 용납할 수 있었던 것은, 근처에 살았던 시어머니가 아이들을 돌봐 주었기 때문이다. 하지만 시어머니는 영원하지 않았다. 채니를 낳자마자 먼 세상으로 가셨다. 그때부터 현숙의 생활은 하루하루가 각개전투였다. 늦둥이 육아의 최전선으로 뛰어들어서 고전하는데, 사춘기로 접어든 두 딸은 날마다 자기들을 챙겨 달라고 하고, 저녁 늦게 들어온 오 교수는 늘 술상을 차려 달라고 했다. 그런 시간을 버텨 온 것이 기적 같다.

어젯밤에도 오 교수는 식탁에 앉자마자 소주를 찾았다. 냉장고에는 소주가 없었다. 현숙은 맥주를 마시라고 했다. 오 교수는 맥주를 마시면 속이 불편하다고 했다. 순간 현숙은 가슴 속에서 마그마가 꿈틀거리는 것 같았다. 평상시라면 현숙이 빌라 앞에 있는 편의점에 다녀왔겠지만 어제는 달랐다. 병원에서 채니를 데리고 와서 진이 빠진 상태였다. 현숙은 몇 번이나 오 교수에게 채니

이야기를 했다. 오 교수는 아무런 말을 하지 않고 술부터 찾았다. 화가 났다. 현숙은 채니를 데리고 병원에 간 이야기를 대충 쏟아 대고는 당신은 계부냐고 소리쳤다.

"한 놈은 미대 나와서 좋은 직장 때려치우고는 타투한다고 지랄이고, 또 한 놈은 교대 다니고 역시 때려치우고 일찍 시집가더니 이혼하고는 저 지랄이고……. 아니, 뭐라도 제대로 하면 말을 안 해. 당신 말해 봐요! 이게 당신이 원하는 거예요?"

현숙은 두 딸 이야기까지 뱉어 냈다.

"말 나온 김에 다 하지요. 부동산 문제만 해도 그래요. 그렇게 집 한번 알아보라고 해도, 그렇게 모델하우스 한번 보러 가자고 해도, 어디 당신이 움직인 적 있어요? 당신만 일했어요? 나도 똑같이 학생들 가르쳤고……. 내가 진짜 이런 말까지 해야 하다니! 당신, 노후에 전원주택 살고 싶어 했잖아요? 그래서 땅 한번 보러 가자고 해도, 어디 움직인 적 있어요? 네이버 부동산 검색 한번 해 봤어요? 괜히 친구들 전원주택에 사는 거 보면 부러워만 하고, 정작 당신은 꼼지락도 안 했어요. 당신은 그런 사람이야! 그래도 내가 발 벗고 나서서, 지금 사는 빌라도 마련했고, 강남 아파트, 판교 상가 건물, 저기 용인에 있는 주택까지 마련한 거지. 그거 안 했으면 애들 저 모양인데 어쩔 거야? 어쩔 거냐고? 그것도 셋이나? 애 셋 낳게 된 것도 다 당신 뜻이잖아요! 난 애초부터 키울 자신 없다고 하나만 원했는데, 애들 사는 몫 다 가지고 태어난다고 당신이 우겨서……."

현숙은 괜히 설움이 복받쳐서 눈물까지 흘렸다. 오 교수는 아무런 말없이 듣고만 있었다. 현숙은 오 교수 어깨를 몇 대 후려치고 싶었다.

"어디 말해 봐요? 막내도 분명 당신이 원해서……. 이것은 분명히 말하자고요. 근데 막상 늦둥이 낳으니까 당신은……. 명색이 둘 다 학교 선생인데, 정작 자식들 교육 문제는 외면하고……. 정말 부끄러워요. 당신 말해 봐요. 이제 난 더 이상 보고만 있지 않을 거예요. 난, 두 딸년들 보면 홧병 날 것 같아요."

그러면서 지금 채니가 처해 있는 상황을 구구절절 이야기하였다. 물론 처음 말하는 것은 아니지만, 다시금 말하고 싶었다. 오 교수가 현숙의 말을 듣고 나서 보인 반응은, 그래서 나한테 어쩌라는 거냐고 되묻는 거였다.

"난 사회학자라서 물리에 대해서는 까막눈이야."

현숙은 그렇게 말하는 오 교수가 어이없었다.

"아니, 누가 당신보고 하래? 당신 친구…… 소진우 박사!"

애초부터 소 박사를 염두에 두고 고래고래 소리 지른 건 아니었다. 말싸움을 하다 보니 기적처럼 그 얼굴이 떠올랐다.

"아, 소 박사! 아니 왜 그 친구를 끌어들이려고 그래?"

"뭐요? 아니 당신 왜 이렇게 삐딱하게……. 알았어, 알았어요. 이제, 그만해요. 이제 앞으로 당신 앞에서는 딸들 이야기 절대 하지 않을게요. 설령 그것들이 무슨 사고를 당해도……. 예에, 그래도 우린 자식들 이야기 서로 하지 맙시다!"

현숙이 벌떡 일어나서 화장실로 들어갔다. 담배가 피우고 싶었다. 숨겨 놓은 담배를 끄집어냈다. 그것을 억지로 끝까지 태우고 나오자 오 교수가 누군가랑 통화를 하고 있었다. 잠시 후 오 교수가 말했다.

"내일 이른 점심 먹기로 했어. 소 박사 안사람도 나온다고 하니까 같이 나가자."

약속 장소는 숲이 보이는 서울 근교 한정식집이다. 다행히 아직 소 박사 내외는 도착하지 않았다. 오 교수 얼굴은 다른 때하고 달리 편해 보이지 않는다. 현숙은 헛기침을 한 번 하고는 입을 열었다.

"당신은 친구니까 더 껄끄러울 수 있어요. 내가 말할 테니까, 당신은 그냥 모른 체해요. 이건 내가 말하는 게 더 나을 수 있어요. 솔직하게 말하고, 그분이 어렵다고 하면 어쩔 수 없는 거죠."

오 교수는 무슨 말을 하려다가 침묵했다. 소 박사 내외가 도착한 뒤로도 오 교수 표정은 밝지 않았다. 소 박사 부인이 그걸 알아채고는 어디 아프냐고 물었을 정도다.

밥을 먹고, 근처에 있는 찻집으로 자리를 옮겼다. 마침 오 교수랑 소 박사 부인이 화장실에 가자, 현숙은 슬쩍 채니 이야기를 꺼냈다. 소 박사는 혹시 그 문제를 가지고 왔냐고 물었다. 현숙은 가방에서 시험지를 꺼냈다.

"아아, 꼼꼼하게 검토해 봐야 알겠지만……. 이건 물리 선생님 시야가 너무 좁네. 고등학교 선생님들이 그래요. 생각이 틀에 갇혀 있고. 이 경우는 얼마든지 다른 생각이 가능한데요. 예에, 이건 충분히 민원을 제기할 수 있겠네요. 근데 채니가 민원을 제기한 거예요?"

"아니요, 채니가 지금 학원 의대 전문반에 다니고 있어요. 그 학원 원장 선생님이……."

"아, 그래서 지금 어떻게 되고 있나요?"

현숙은 지금까지 상황을 짧게 들려주었다. 적당하게 얼굴 살도 있고, 피부도 좋은 소 박사는 오 교수만큼이나 젊어 보였다. 그러니까 두 사람은 서로 다른 얼굴이지만, 결국은 또래들보다 젊어 보인다는 공통점을 갖고 있었다. 그래도 오 교수한테는 동안이라는 말이 어울리지 않겠지만, 소 박사한테는 그 말이 어울린다고 현숙은 생각했다.

현숙의 말을 들은 소 박사는, 그것 때문에 이 자리가 만들어졌구나 하고 생각하는 눈치였다. 그래서 현숙이 구체적으로 도와 달라고 말하지 않아도, 자신의 역할을 어느새 꿰뚫고 있었다.

"채니 어머니, 제가 도움이 될 수 있다면…… 얼마든지……."

가끔은 제수씨라고 부르기도 하고, 또 가끔은 송 교수라고 부르기도 하고, 또 가끔은 현숙 씨라고 하기도 했는데, 채니 어머니라고 부른 것은 처음이다. 그 말이 현숙은 너무너무 반가웠다. 그 것은 소 박사가 채니를 위해서 이 전쟁에 뛰어들겠다고 선언한 거나 다름없다고 받아들였다.

"아, 감사합니다. 근데 제가 너무 무리한 부탁을 하는 건 아닌지 요?"

"아닙니다. 저는 그냥 물리학자로서……. 학문적으로 그 문제 가 결함이 있는지 없는지 알아보고, 만약 결함이 있다면 제가 도 울 수 있는 방법으로 도와주겠다고 한 것뿐입니다. 의대 가려면 한 문제만 틀려도 어렵잖아요? 근데, 친구 아빠로서 도울 수 있으 면 도와야지요."

"정말 감사합니다."

현숙은 괜히 눈시울이 뜨거워졌다. 그러면서 이제 됐다고 몇 번이나 중얼거렸는지 모른다. 이제 됐어. 이제 된 것이야.

나는 왜
의사가 되려고 하는 걸까?

갑자기 하늘빛이 어두워지고 빗방울이 쏟아진다. 분명 비 예보가 없었다. 채니는 당황하면서 근처를 두리번거린다. 횡단보도만 건너가면 약속 장소가 나온다. 다 왔는데, 이곳에서 비를 맞다니! 채니는 어서 신호가 바뀌기를 기다린다. 중력으로 무장한 빗방울이 머릴 때릴 때마다 아프다. 그제야 땅바닥을 내려다본다. 맙소사! 우박이다. 채니는 가방을 들어 머리를 가린다. 5월 중순인데 우박이라니! 파란 신호등이 켜지자 사람들이 빠르게 건너간다. 채니는 뛰어서 건넌 다음, 상가 건물로 몸을 피한다. 약속 장소인 식당은 상가 건물 뒤에 있다.

카톡 알림이 울린다. 미담이다.

미담: 오채니! 어디야?

채니: 다 왔어. 식당 근처.

미담: 난 식당 앞에 있어. 지하로 내려가는 건물 입구.

채니: 알았어. 기다려. 비 때문에, 아니 우박 때문에 못 가겠어.

미담: 날씨가 미쳤나 봐.

채니: 진짜 미쳤어.

우박이랑 섞여 내리던 빗방울은 점점 더 굵어진다. 저 비를 맞고 나갈 엄두가 나지 않는다. 현숙에게도 카톡이 왔다. 비가 엄청 쏟아지는데, 잘 갔냐는 내용이다. 채니는 운 좋게도 약속 장소에 도착하고 나서 비가 내리기 시작했다고 답장을 보낸다. 현숙은 잘됐다고 하면서, 아무 걱정하지 말고 잘 놀다 오라고 한다. 특히 반장인 미담이랑 같이 갔다고 하자, 언제 그런 친구를 사귀었냐고 칭찬까지 했다.

채니는 집에서 점심 때까지 누워 있다가 현숙의 전화를 받았다. 현숙은 다짜고짜 아무 걱정하지 말라는 말부터 꺼집어냈다.

"채니야, 아빠 친구분 소 박사님 알지? 우리 집에도 몇 번 오셨잖아? 충청도 말로 느릿느릿 말하는 분. 왜 그분을 생각하지 못했을까? 어젯밤에 아빠랑 이야기하는데 갑자기 그분이 떠오르는 거야. 그래, 카이스트 교수!"

채니도 소 박사를 안다. 아, 그분이 물리학과 교수님이었던가. 그건 아리송하다. 분명한 것은 그분이 이름 석 자만 대면 웬만한 사람들이 다 알 만큼 유명하다는 사실이다.

사람들은 그분에게 교수라는 말보다는 박사라는 호칭을 더 많이 붙였다. 어렸을 때부터 채니는 그게 좀 이상했다. 왜 그분에게는 박사님이라고 하고, 어머니랑 아버지한테는 박사님이 아니라 교수님이라고 부르는지 이해할 수 없었다. 그 누구도 어머니 아버지에게 박사님이라고 하지 않았다. 왜 그럴까? 과학자에게는 박사님이라는 호칭이 잘 어울리고, 인문학자에게는 교수님이라는 호칭이 더 어울리는가.

채니는 현숙의 전화를 받으면서도 그런 생각을 했다.

어쨌든 현숙은 지나치게 들떠 있었다.

"그래서 오늘 소 박사님을 만난 거야. 코로나 때문에 뵌 지도 오래되었고, 또 채니 네 일을 자문하기 위해서……. 겸사겸사. 내가 솔직하게 말씀 드렸어. 박사님이 시험 문제를 보시더니, 대뜸 이건 민원을 제기할 수 있다고, 물리 선생님 시야가 너무 좁다고 그러시더라. 그러면서 도울 일이 생기면 돕겠다고 하셨어."

채니는 저도 모르게 그게 사실이냐고 물었다. 현숙의 목소리는 더 커졌다.

"사실 나도 원장 샘 말만 듣고는 반신반의했어. 원장 샘이 그렇게 하자고 하니까 따를 수밖에 없었지만, 우리나라 최고의 물리학자가 그렇게 말해 주니까 모든 걱정이 다 사라지더라. 이제 끝난 거야. 그깟 고등학교 교사가 카이스트 교수를 당해 내겠니?"

채니도 소리치고 싶었다. 만세라도 부르고 싶었다. 솔직히 채니는 아직까지 5번이 공동 정답이라는 확신이 없다. 어제부터 무기력해지면서 자기 감정을 추스릴 수 없었던 것은, 물리 선생님을 만나고 나자 자신이 틀렸다는 생각이 들었기 때문이다. 하마터면 자신의 잘못을 인정할 뻔했다. 그렇게 끝내고 싶었다. 어서 일상으로 돌아가고 싶었다. 그만큼 하루하루가 힘들었다.

오늘도 마찬가지였다. 다시금 그 문제를 떠올렸는데, 물리 선생님 말이 맞는 것 같았다. 괜히 홍웅주 선생님 때문에 승산이 없는 싸움을 하고 있는 느낌이었다. 채니는 몇 번이나 물리 선생님에게 전화를 하려고 했다. 그러다가 현숙의 전화를 받은 것이다. 소 박사님이 5번도 공동 정답으로 인정받을 수 있다고 말했다면, 더 이상 고민할 필요가 없다. 만약 소 박사님이 나선다면 물리 선생님도 어쩔 수 없이 인정하고 물러설 것이다. 그래, 그럴 것이다.

현숙의 전화를 끊자마자 채니는 벌떡 몸을 일으켰다. 샤워부터 했다. 온몸을 감싸고 있는 무기력증과 패배감을 씻어 내고 싶었다. 곧바로 정수한테 카톡을 보냈다.

채니: 오빠 안녕하세요? 헤헤헤, 저번에 약속 못 가서 죄송해요. 어머니
     께서 약속 시간은 잡았다고 하는데, 오늘 어디로 나갈까요?

곧바로 답장이 왔다 병원 앞에 있는 지하 식당인데 맛이 괜찮

다고 했다. 인터넷 검색을 해 보니까, 제법 유명한 식당이다. 할로윈 콘셉트로 식당이 꾸며져 있고, 손님들이 원할 경우 할로윈 복장으로 식사 시간을 즐길 수도 있었다.

채니는 모든 준비를 마치고 나가려다가 주춤거린다. 이상하게도 혼자 나가는 게 부담스럽다.

어렸을 때 몇 번 정수를 보았다. 그때는 너무 어렸고, 골프선수라는 정수한테 관심조차 없었다. 아무리 나이 차이가 난다고 해도 단둘이 만난다는 것은 부담스러운 일이다. 누구랑 같이 가면 좋을까? 친구들을 떠올려 본다. 놀랍게도 황민이 생각났다. 아무도 쳐다보는 사람이 없는데도 채니는 치명적인 비밀을 들킨 것처럼 당황한다. 채니는 마구 고개를 흔들었다. 그러고는 애써 반장인 미담이를 떠올린다.

한 주 전이었다. 운동장을 걷다 우연히 반장을 만난 채니가 물었다.

"미담아, 넌 문과? 아님 이과?"

2학년 때 어느 쪽으로 가냐고 물은 것이다.

미담이는 망설이다가 대답했다.

"아직 몰라. 취향은 문관데, 문과는 취업이 어렵잖아? 그래서 이과도 생각하는데, 내가 수학이랑 과학에 취약해서……. 성적만 된다면 약대나 수의대 같은 데 가고 싶기도 하고."

채니는 미담의 입에서 의대라는 말이 나오지 않은 게 다행이라고 생각했다. 채니가 보기에 미담이는 전형적인 문과 체질이다. 그런데도 이과를 생각하고 있다는 말을 듣자, 이 아이가 자기를 제대로 파악하지 못하고 있다고 생각했다. 그렇다고 노골적으로 부정적인 말을 할 수는 없어서,

"이제 1학년인데, 열심히 하면 수의대도 갈 수 있겠지."

하고 말하면서도, 실제로 그게 가능할 것이라는 생각은 하지 않았다. 한마디로 미담이는 채니의 경쟁자가 아니었다. 그러니 미담이하고는 친해진다고 해도 부담이 없을 것 같았다. 적어도 서로를 경쟁자라고 마음속에다 보이지 않는 비수를 숨겨 놓고 대하지는 않을 것 같았다.

채니 말을 들은 미담이는 잠깐 생각에 잠겼다가 배시시 웃으면서 이렇게 말했다.

"아직 시간 있으니까, 더 고민해 봐야지. 난 교대도 생각 있거든."

채니는 그렇게 생각이 왔다 갔다 하는 미담이가 좋다.

채니는 고등학교에 와서 특별히 친구를 갈망해 본 적 없다. 그냥 적당히 모나지 않게 여러 아이들이랑 지내면서 고등학교를 지나가고 싶었다. 그런데 요즘 들어 그런 갈망이 강해진다. 어제만 해도 누군가 만나서 얼마나 하소연하고 싶었는지 모른다. 칵테일 주사를 맞고 병원에서 나오자마자 어머니하고 마주해야 했고, 곧바로 홍웅주 선생님이랑 통화를 해야만 했다. 답답했다. 아무리

그분들이 자기 편이라고 하지만, 그분들 앞에서 속 시원하게 하소연할 수는 없었다. 그게 달랐다. 채니에게는 마음 놓고 재잘거릴 수 있는 친구가 필요했다.

채니는 처음으로 외롭다고 생각했다. 친구 없이 살아간다는 것이 얼마나 고립되어 있으며, 또한 외롭고 위태로운 삶인지 조금은 알 것 같았다.

그래선지 미담이가 떠오르자, 얼른 정수한테 카톡을 보냈다.

채니: 오빠. 근데요, 제 친구랑 같이 가도 돼요? 뭐 걔는 의대 희망자는 아니지만, 그래도 이런 기회가 없을 것 같아서요.

정수는 몇 명 같이 와도 된다고 했다.

채니는 미담이한테 전화를 걸었다. 독서실에서 꿀 같은 낮잠에 취해 있던 미담이는 채니 전화를 받자 감격스러운 목소리를 보내왔다.

"진짜? 나도 같이 가도 돼? 당연히 난 좋지. 와, 채니야. 고맙다!"

모든 일이 순조롭게 풀리는 기분이었다. 이렇게 갑자기 쏟아진 비만 아니었으면 완벽했을 것이다. 비는 좀처럼 그치지 않는다.

미담이한테 전화가 왔다. 약속 시간이 지났다는 뜻이다. 할 수 없이 채니는 빗속으로 뛰어들었다. 그래도 가방으로 머리를 가려서 그럭저럭 헤어스타일은 유지할 수 있었다.

미담이는 채니를 보고 걱정했다. 채니는 괜찮다고 하면서 홀딱 젖은 옷을 대충 털었다.

식당은 캄캄했고, 곳곳에 해골과 온갖 뼈 모형들이 걸려 있었다. 손님들도 할로윈 복장을 하고서 밥을 먹었다. 구석진 곳에서 정수가 손을 흔들었다.

"여신들이 오셨네. 어서 와라. 비가 와서……. 뭐야, 채니 너 홀딱 젖었네. 가만있자."

정수는 채니가 괜찮다고 해도 일어나서 카운터로 가더니 마른 수건 한 장을 들고 왔다. 채니는 수건으로 대충 얼굴을 닦고 어깨에다 걸쳤다. 묘하게도 든든했다. 그런 느낌은 처음이었다. 따뜻한 팔이 어깨를 감싸고 있는 느낌이었다.

정수는 계속 채니랑 미담이를 신이라고 불렀다. 채니는 정수가 왜 그렇게 부르는지 알 수 없었다. 미담이는 천연덕스럽게 대꾸했다.

"근데 저희는 세상 사람들이 우러러보는 신은 아니잖아요? 오빠는 사람들이 우러러보는 신이고요."

"신이면 다 같은 신이지, 그게 무슨 차이니?"

"오빠, 신이란 누군가 우러러보고 존경해야 그 존재감이 있는 거죠. 우린 뭐 그런 신은 아니잖아요?"

채니는 대체 무슨 말을 하는 거냐고 미담이 어깨를 툭 친다. 은근히 기분이 나빠지려고 하고 질투도 난다. 자기만 모르는 말을 두 사람이 주고받는다니!

미담이가 다시금 배시시 웃는다.

"대한민국 고딩들이라면 다 자연스럽게 신이 되어 가지만, 의사는 그렇지 않잖아요? 사람들 목숨을 살리고 죽이니까, 그거야말로 진짜 신이죠?"

채니는 미담이가 일부러 설명해 주고 나자, 그제야 감을 잡고는 허탈해진다. 주문한 음식이 왔다. 스파게티와 피자 그리고 스테이크를 시켰다. 푸짐했다. 정수는 세 접시에 든 음식을 골고루 맛을 보고 나서야 채니랑 미담이를 쳐다본다.

"아냐아냐, 의사를 신이라고 한 건 과장된 거야. 의사는 신이 되어서는 안 돼. 의사는 생명을 보살펴 주는 따뜻한 할머니 손 같은 존재여야 해. 그게 우리 사회에서는 너무 과장된 거야. 진짜 신은 너희들이야. 특히 의대 진학하려고 애쓰는 너희들. 난 수시가 아니라 정시로 의대에 온 경우라서 조금 달라. 하지만 수시로 의대에 오는 친구들 보면 진짜 대단해. 진짜 그건 신이 아니고는 불가능한 일이야. 3년간 거의 완벽하게, 범생이로 살아야 하거든. 아파서도 안 되고, 그 많은 시험에서 한 번도 실수하면 안 되고, 결석해도 안 되고, 누구랑 싸워도 안 되고…… 이야, 그게 인간이냐?"

괜히 할 말이 없어진다. 채니는 갑자기 마음이 무거워진다. 두렵다. 막막하다. 이제 1학기도 지나지 않았으니까, 얼마나 많은 시간을 견디어 내야만 할까. 그런 생각에 빠지다 보니, 음식 맛도 모르겠다.

"채니는 학원 의대 반이고, 미담이도 의대 반이니?"

미담이는 잠깐 멈칫했다가 고개를 흔들어 댄다.

"가고 싶지만, 가고 싶다고 다 갈 수 있는 건 아니잖아요? 채니는 공부를 잘하니까. 전 그 정돈 아니에요."

"그래, 난 의사가 좋은 직업이라고 생각하지만 그렇다고 최고라고는 생각하지 않아. 의대 못 간다고 기죽을 필요는 없잖아?"

그 말에 미담이는 다시 배시시 웃으면서 씩씩하게 맞장구친다.

AI가 발달하면 의사라는 직업이 가장 타격을 입을 거라고 하는데, 어떻게 생각하시냐고 물은 것도 미담이다.

"미래 사회에는 분명 AI 의사가 많아지겠지. 그렇다고 해도 우리 생각만큼 인간 의사가 사라지지는 않을 거라고 생각해. 아마도 AI 의사랑 인간 의사가 어느 정도 비율로 섞여서 활동하지 않을까 해. 어떤 수치만 보고 환자를 치료하는 데에는 한계가 있거든."

채니는 의대생의 실제 생활에 대해서 꼼꼼하게 물었다. 정수는 약간 과장된 표정을 지으면서 이야기했다. 그때부터 자연스럽게 두 아이가 묻고 나면, 정수가 대답하는 시간이 이어졌다. 정수는 이미 정해진 수학 문제에 답을 하듯이 비교적 덤덤하게 이야기했다. 그러다가 질문이 뜸해지자, 불쑥 채니를 보고 물었다.

"채니야, 넌 왜 의사 되려고 하니?"

사실 처음 듣는 말은 아니었다. 친척들을 만나면 무시로 듣는 질문이다. 그때도 이렇게 당황하지는 않았다. 나름대로 대답할 수 있었다. 그런데 막상 정수가 그렇게 묻자, 이상하게도 입이 열리지 않았다. 나는 왜 의사가 되려고 하는 거지? 채니는 갑자기 자기 자신에게 끝없이 질문을 던졌다. 채니 마음속에서는 아무런 말이 들리지 않았다. 어머니 때문에, 어머니가 원하시니까! 의사가 우리나라에서 가장 돈을 많이 버는 직업이니까! 우리 사회에서 가장 인정해 주는 직업이니까! 우리 사회에서 가장 우러러보는 직업이니까! 아니다. 언니들이 너무 무기력하니까! 나라도 잘되어야 하니까! 채니는 그런 생각까지 하다가 화장실을 핑계로 일어나 버렸다. 머리가 아팠다. 지하라서 그런 건가. 어서 나가고 싶었다. 조금만 더 있다가는 토할 것만 같았다.

*

일요일 오후 5시니까, 이른 저녁 시간이다.

민식은 집 주위에서 가볍게 걷기 운동을 한 다음 외출을 했다. 지하철에서 나와 5분 정도 걸으니 약속 장소가 보였다. 그 식당은 음식 맛이 좋기로 소문이 나 있었다. 특히 시루찜이 맛있다. 시루에다 숙주나물이랑 버섯을 깔고 그 위에다 소고기 치맛살을 얇게 썰어서 펼쳐 놓는다. 그 상태로 증기에다 찌면 된다.

식당에 가니까 박미선 선생님이 앉아 있다. 운동하다가 나온 것처럼 일상복 차림에 감색 모자를 눌러쓰고 있다. 음식도 벌써 시켜 놓았다.

이 식당을 처음 소개한 것도 박미선 선생님이다. 10여 년 전이다. 어느 날 박미선 선생님이 술 한잔하자면서 이 식당에서 만나자고 했다. 그때 박미선 선생님은 아이들 학폭 문제로 힘들어하고 있었다. 사사로운 아이들 싸움이 있었고, 박미선 선생님이 보는 앞에서 서로 화해했다. 뭐 그런 일이야 하도 흔한 경우라서 별일 없을 줄 알았다. 그로부터 며칠 뒤 싸웠던 아이의 부모가 학교에 들이닥쳤다. 생니가 흔들린다면서 상대편 아이를 경찰에 고소한다고 했다. 그때부터 문제는 걷잡을 수 없게 덧났다. 그날 교사로서 어떤 한계를 느낀다고 하면서 홀쩍홀쩍 술을 마셨다.

그런 기억이 새삼스럽게 떠오른다.

민식이 자리에 앉자마자 박미선 선생님은 오랜만에 이곳에 왔다고 했다. 시루에 든 음식이 익을 때까지 입을 달래 주라고 어묵과 감자전이 나온다. 그걸 보자 술 생각이 난다. 박미선 선생님이 씩 웃는다. 술 한잔하고 싶지만, 민식을 생각해서 참겠다는 뜻이다. 3년 전부터 민식은 신장과 췌장 기능이 떨어졌다. 그때부터 술을 입에 대지 않는다. 육식도 하지 않았다. 그런데도 이 식당에 오고 싶었다. 박미선 선생님이 여러 식당 이름을 나열했으나 이 식당만큼 편안하게 다가오는 곳이 없었다.

"괜찮아요. 저도 한잔할 테니까, 시키세요."

민식의 말에 박미선 선생님은 괜찮겠냐고 다시 물었다. 민식이 식당 사장을 불러서, 이 집에서 만들어 파는 청주를 시켰다. 박미선 선생님은 첫 잔을 단숨에 마셨다. 그런 다음 맛있다는 말을 연발했다. 민식은 술잔을 입에 대고 흉내만 냈다.

"요새 맘고생이 심하시죠?"

박미선 선생님이 새삼스럽게 물어온다.

"그러게요. 처음에는 별일이 아니라고 생각했지만, 그게 참 쉽지 않네요. 시험 문제에는 하자가 없어요. 다른 선생님들도 그렇게 말씀하시고요. 근데, 채니가 쉽게 물러나지 않으니까 그게 문제죠. 채니 뒤에는 학원 선생이 있어서 더욱 그런 것 같아요. 이래저래 골치 아프니까 적당히 민원을 받아들이고 넘어가자고 하는 선생님들도 있어요."

물론 박미선 선생님도 다 아는 내용이다. 그래도 민식은 그동안 진행된 상황을 설명하듯이 말을 이어간다.

"채니하고 만나서 이야기했는데, 말이 통하지 않았어요. 선생이랑 학생이 서로 다른 문제를 말하고 있는 거예요. 하도 엉뚱한 말을 하자, 제가 이렇게 말했어요. 그렇다면 시험 문제를 내는 의미가 없다고요. 출제자 의도를 파악하고, 출제자가 묻는 답을 구해야지, 자기 맘대로 답을 구하면 안 되잖아요? 그래도 인정하지 않더라고요. 어설프게 학원 선생한테 들은 말만 되풀이하는데, 어쩐지 절망감이 느껴지더라고요."

민식은 어묵 한 꼬치를 빼먹고 저도 모르게 작은 술잔을 입에 가져간다.

"그 문제는 제가 수업 시간에도 가르쳤던 내용이라, 수업 날짜까지 말하면서 교실에서 가르쳤던 이야기를 끄집어 냈어요. 그런 다음 문제와 연계해서 설명했죠. 그 정도 말하면 대부분 학생들이 이해하거든요. 실제로 몇몇 학생들을 불러다가 물어봤어요. 너희들이 생각하기에는 5번도 정답인 것 같느냐고요. 다들 고개를 흔들더라고요. 채니처럼 5번을 정답이라고 생각한 아이들도 불러다가 설명했더니, 금방 수긍하더라고요. 근데 채니는, 절대 선생님 말을 받아들이면 안 돼, 하고 마음속에다 벽을 쌓아 놓은 상태 같았어요. 도무지 제 말을 받아들이질 않았어요. 결국 설득 당할 것 같자, 울면서 벌떡 일어나 버리더라고요. 그 뒤로 몇 번 통화하려고 연락했는데, 연락이 되지 않았고요. 그렇게 채니랑 통화하려고 할 때마다 괜히 맥이 빠지고, 도대체 선생이라는 존재가 뭔지 자꾸만 제 자신에게 묻게 되더라고요."

그때까지 가만히 듣고 있던 박미선 선생님은 시루 뚜껑을 열었다. 수증기가 확 번졌다. 숙주 냄새가 코를 찌른다. 박미선 선생님이 앞접시에다 고기랑 숙주나물을 담아서 민식 앞으로 내밀었다. 민식은 고맙다고 하면서 숙주나물을 한 젓가락 집어서 입으로 가져간다.

108

"저도 채니 담임이라 참 답답해요. 오늘 오후에 채니랑 잠깐 이야기를 했어요. 채니가 그러더라고요. 민식 샘이 말씀하신 것도 맞지만, 다른 답이 있을 수 있잖아요? 민식 샘은 그럴 가능성은 애초부터 인정하지 않는 것 같다고, 그래서 답답하고 말이 안 통한다고 하소연하더라고요. 전 그냥 들어만 줬어요."

박미선 선생님은 최대한 채니 입장에서 말을 하려고 했다. 심정적으로야 민식을 편들고 싶지만, 그렇다고 채니 입장을 무시할 수도 없다는 표정이었다. 담임 선생님이니까, 왜 채니가 민원을 제기하게 되었는지 최대한 이해하려고 노력한다는 뜻이다.

민식은 그런 박미선 선생님을 이해한다는 듯 고개를 끄덕인다.

"그래요. 제가 답답하듯, 채니도 답답할 겁니다. 일단 내일 다시 채니를 만날 예정입니다. 자꾸 만나서 이야기를 해야 풀리죠. 저는 그렇게 생각합니다."

민식은 솔직하게 말했다. 지금 상황에서 가장 염려되는 것은 채니다. 이 문제로 채니 몸과 마음이 아프면 안 된다. 제발 어서 잘 마무리되어 채니가 일상으로 돌아가기를 바란다.

"채니 어머니하고 어제 통화했는데, 괜찮다고 하더라고요. 금요일에 병원 가서 칵테일 주사 한 대 맞고 돌아왔다고 하더라고요. 근데 채니하고는 저도 통화를 못 했어요. 아무리 통화하고 싶다고 해도……."

"채니 부모님이 교수라고 하지 않았던가요?"

민식은 저도 모르게 술을 홀짝거리면서 물었다.

"채니 어머니는 몇 년 전 퇴직하신 것 같고, 아버지는 아직도 대학에 계시고……. 사회학을 가르치신다고 들었어요. 어머니는 교양 과목, 그중에서도 문학을 가르쳤다고 들었고요."

"아, 그렇구나! 저는 혹시 물리나 과학 쪽을 전공하신 분이 아닌가……해서요."

박미선 선생님은 은연중에 고개를 흔들고 있었다.

"제가 아버님을 만나 뵙지는 못했지만, 채니 어머니는 다른 어머니들하고 조금 달라 보였어요. 다른 어머니들이라면 벌써 학교를 찾아와서 큰소리부터 내지르고, 학부모 게시판에다 장황하게 민원 사항을 올려 놓았을 거예요. 근데 채니 어머니는 아직까지 학부모 게시판에다 언급도 하지 않았거든요."

민식은 채니 어머니 전화번호를 알려 달라고 말했다. 혹시 필요할지도 모른다는 생각이 들었다.

박미선 선생님은 전화번호를 알려 주고는 다시 술을 마셨다. 민식도 술을 마셨다. 박미선 선생님은 못 본 체하면서 창가로 눈길을 돌렸다. 어쩔 수 없다. 늘 술을 마시는 것도 아니다. 가끔은 술에 취하고 싶을 때도 있는 법이다.

민식은 한동안 말이 없었다. 주변이 시끌시끌해지자 두 사람 침묵이 더 무겁게 느껴졌다.

박미선 선생님이 조심스럽게 물었다.

"그래서 민식 샘은 어떻게 하시려고요?"

민식은 술잔을 쥐고는 고개를 흔들었다.

"저도 모르겠습니다. 제가 어떻게 해야 하는지……. 민원이 발생한 그 문제가 하자가 없는데도 그냥 인정하고 공동 정답으로 처리해야 하는지, 아닌 건 아니라고 말해야 하는지……. 참 힘듭니다."

그때 박미선 선생님 핸드폰이 울렸다. 박미선 선생님은 핸드폰 화면을 보더니, "서민정 샘이네!" 하고는 일어나서 밖으로 나갔다. 서민정 선생님이라면 2학년 담임을 맡고 있는 국어 선생님이다. 박미선 선생님은 30분이 넘도록 들어오지 않았다.

민식은 얼큰하게 술이 올랐다. 그냥 모든 것을 다 놓아 버리고 싶다.

시루에 있는 음식이 다 식어 버렸다. 민식이 불을 켜고 그것을 데우려고 할 때 박미선 선생님이 들어왔다. 얼굴이 밝지 않았다.

"갑자기 왜 그러세요? 혹시 무슨 일 있어요?"

박미선 선생님은 대답하지 않았다. 술만 한 잔 꼴깍 마셨다. 주변 사람들 목소리가 더 커지자, 그제야 고개를 앞으로 살짝 내밀면서 말했다.

"2학년 민정 샘입니다. 지금 2학년 학부모 게시판이 난리가 났답니다. 누군가 국어 문제에 대한 민원을 제기했답니다. 하아, 진짜 난리네요."

반갑지 않은 소식이다. 시험 문제에 대한 민원이 많아질수록, 민식은 괜히 어깨가 무거워진다. 자꾸만 불리해지는 느낌이다.

박미선 선생님도 그런 생각을 하고 있었다.

"이번 중간고사에 유독 민원이 많네요. 이렇게 한꺼번에 터지는 경우는 드문데……."

"그래, 무슨 민원이랍니까?"

"이번에 민정 샘이 한 문제를 논술형으로 출제했나 봅니다. 짧게 글을 쓰는 것인데, 망설이다가 출제했다고 합니다. 근데 예상보다 학생들이 글을 잘 써서 흐뭇했대요. 주정진, 한시안이라는 학생이 있는데, 절친이고 공부도 잘해요. 둘 다 그 문제를 맞았대요. 근데 한시안이 민정 샘한테 주정진이 쓴 논술 답이 틀린 거 아니냐고 민원을 제기한 겁니다."

민식은 한동안 미선의 말을 이해하지 못했다. 분명 주정진과 한시안은 논술형 문제에 답을 모두 적어서 똑같은 점수를 받았다. 그런데 주정진의 답안이 틀렸다고 친구인 한시안이 민원을 제기했다니!

민식은 그게 무슨 뜻이냐고 다시 물었다.

"말 그대로 시안이가 정진이 답안은 틀린 거니까, 틀렸다고 해야지 왜 맞은 걸로 처리했냐고 따지는 민원입니다."

"하, 그런 민원도 제기하나요? 둘이 친구라면서요?"

"그러게 말입니다. 겉으로는 둘이 친한 척하지만 실은 전혀 친하지 않다는 뜻이죠. 더구나 둘이 내신 등급 싸움을 해야 하니까요. 그니까 친구가 시험을 망쳐야만 자기가 사는 거죠. 참 씁쓸한 일이 우리 학교에서 벌어졌네요."

"아니, 근데 시안이가 정진이 답안지를 본 것도 아닐 테고, 어떻게 알고서 그런 민원을 제기했을까요?"

"정진이가 말했답니다. 답안에 대사 표시인 큰따옴표 하나를 빼먹었다고요. 근데도 민정 샘이 맞은 걸로 인정해 줬다고요. 그 말을 들은 시안이가 집에 와서 민정 샘에게 전화해서, 큰따옴표 안 썼으니까 틀린 거 아니냐고 따진 거죠. 민정 샘은 큰따옴표 하나를 빠트린 건데, 그게 내용하고는 별개라 그냥 정답으로 인정했다고 대답한 거죠. 그러자 시안이가 강력하게 반발한 겁니다. 큰따옴표를 안 썼으니까 틀린 거라고요. 그러고는 자기 어머니한테 말했어요. 그러자 어머니가 학부모 게시판에다 올려 버린 겁니다. 학부모들도 원칙대로 해야 한다고 의견이 모아졌답니다. 큰따옴표를 안 썼으니까, 틀린 거라는 거죠."

"와아, 진짜 무시무시하네요!"

민식은 온몸에 소름이 돋았다. 아무리 그래도 친구라는데, 내가 이런 학교에 있구나! 민식은 뭐라 할 말이 없었다.

"민정 샘이 저한테 어떻게 생각하느냐고 물었지만, 저는 뭐라 대답할 말이 없더라고요. 아니, 큰따옴표 하나 안 썼다고 같은 반 친구가 친구의 답이 틀렸다고 민원 제기를 했으니…… 이거 참,

살벌하죠. 근데, 전 민식 샘이 더 걱정입니다. 수학이 정리되니까 학년은 다르지만 국어 민원까지 터지니……."

박미선 선생님이 말꼬리를 흐릴 즈음, 이번에는 민식의 핸드폰이 울린다. 모르는 전화번호다. 순간 민식은 망설이다가 전화를 받았다. 상대는 정중하게 김민식 선생님이 맞느냐고 물었다. 민식이 그렇다고 하자, 상대가 자신을 소개했다.

민식은 슬그머니 일어나서 식당 밖으로 나왔다.

밖은 어느새 어두워져 있었다. 길에서는 후덥지근한 열기가 솟아올랐다. 그래선지 어둠이 깔리자 더 무덥다는 생각이 들 정도였다.

상대가 대학 맞춤 학원 원장이자 물리 담당인 홍웅주 선생님이라는 것을 알자, 순간적으로 민식은 전화를 끊으려고 했다. 내가 왜 사교육 선생님하고 통화를 해야 하나? 그런 물음을 몇 번이나 자기 자신에게 던졌다. 그러면서도 전화를 끊지 못했다.

홍웅주 선생님은 채니가 제기한 시험 문제에 대한 이야기를 꺼냈다. 그 문제는 분명 하자가 있으며, 5번도 공동 정답으로 인정해야 한다는 것이다. 자신이 다른 학원 선생님과도 의논해 봤는데, 모두 의견이 같았다는 말도 덧붙였다.

순간 민식은 누가 진짜 물리 선생님인지 헷갈렸다. 나는 뭐란 말인가. 민식은 전화를 끊고 나서도 한동안 움직이지 않았다.

식당에 들어오자 박미선 선생님이 누구냐고 물었다. 민식의 입

에서 채니 학원 선생님이라는 말이 나오자, 그녀의 표정이 어두
워졌다.

"민식 샘, 제 경험 상 절대 학원 선생님을 상대하면 안 됩니다."

"그러게요. 그랬어야 하는데……."

"앞으로는 상대하지 마십시오, 전화 오면 끊어 버리고, 만나자
고 하면 만나지 마세요."

"알겠습니다."

민식은 뭔가 잘못한 학생처럼 고개를 숙였다.

*

정수를 만나고 돌아온 뒤로 채니는 새로운 버릇이 생겼다. 볼
펜만 잡으면 은연중에 책이랑 노트에다, 나는 왜 의사가 되려는
걸까, 끼적였다. 버스를 타거나 변기에 앉았을 때는 손가락으로
몸에다 끼적였다. 그러다가 샤워를 할 땐, 그런 글자가 문신처럼
몸에 새겨져 있을까 봐 유심히 거울을 들여다보기도 했다.

채니는 아무런 답을 할 수가 없었다. 의사가 되고 싶은 건 사실
인데, 왜 의사가 되고 싶은지 말해 보라고 하면 할 말이 없다. 정
말로 어머니가 바라기 때문일까? 우리 사회에서 가장 안정적인
직업이기 때문일까?

학원으로 오면서도 그런 생각에 빠져 있다가 학원 앞 사거리에

서 황민이랑 마주쳤는데도 그 애를 알아보지 못했다.

"야, 오채니!"

황민이 앞을 가로막고 크게 소리치고 나서야 채니는 상대를 쳐다보았다.

요즘 들어 황민이랑 자주 마주친다. 그게 너무 불편하다.

"황민, 너도 대학 맞춤 학원 의대 반 다니지?"

채니가 그렇게 물었다.

황민은 눈만 깜박깜박하다가 슬쩍 눈을 돌렸다.

"아니, 다른 학원 의대 반에 다니다가 그만뒀어."

"왜?"

채니 질문을 받은 상대는 움찔하더니, 이번에도 눈만 깜박깜박하다가 눈을 돌린다. 그렇게 깜박깜박거리는 것 때문에 한때는 두꺼비라는 별명도 가지고 있었다. 초등학교 5학년 때까지만 해도 황민은 얼굴에 젖살이 남아서 통통했다. 귀여운 두꺼비 같았다. 지금은 그 젖살이 하나도 남아 있지 않았다.

"채니야, 우리 잠깐 어디 가서 이야기할래? 엽떡 먹을래? 내가 쏠게."

엽기 떡볶이는 채니가 좋아하는 음식이다. 그런데도 채니는 망설이지 않고 고개를 흔들었다.

"아니, 나 학원에 가야 돼. 다음에, 다음에 보자."

황민은 아쉬워하는 눈빛을 감추지 못하고는 눈만 깜박깜박하다가, 다음에 보자고 하면서 돌아섰다. 채니도 돌아선다. 그러다가 저도 모르게 돌아다보았는데, 황민의 등이 까만 점으로 녹아서 사라지는 것만 같았다.

대체 황민은 왜 의대 반을 그만둔 걸까. 황민도 채니의 강력한 경쟁자다. 아니 채니보다 훨씬 앞서가고 있을지도 모른다. 그런 황민이랑 더 이상 엮이기 싫다. 채니는 일부러 학원 핑계를 댔다. 사실 학원 시간은 한 시간이나 남았으니까, 얼마든지 황민이랑 엽기 떡볶이를 먹을 수 있었다.

채니는 학원에서 홍웅주 선생님이랑 마주쳤다. 홍웅주 선생님은 채니를 보자마자 상담실로 가서 이야기를 하자고 했다.

"채니야, 안 그래도 너 좀 보려고 했는데……."

채니는 선생님을 따라갔다.

"어제 의대 다니는 분을 만났다면서? 참 좋은 시간이었겠다?"

채니는 엉거주춤 고개를 끄덕였다.

홍웅주 선생님은 비타민 음료수를 채니에게 내밀었다.

"어제 김민식 선생님이랑 통화했다. 보통 학원 선생님이 전화하면, 내가 왜 당신이랑 통화하느냐고 하면서 바로 끊어 버리지. 학교 선생님들은 은근히 학원 선생님들을 무시하는 경향이 있거든. 너네가 아무리 학교 밖에서 학생들을 잘 가르쳐도 너네는 사교육 시키는 기술자에 불과해, 진짜 선생님은 아니야. 뭐 그렇게 무시한다고나 할까? 근데 김민식 선생님은 친절하게 전화를 받으시더구나."

채니는 저도 모르게 침을 꼴깍 삼켰다. 홍웅주 선생님은 알 듯 모를 듯한 웃음을 한 번 흘리고는 채니 눈을 피하면서 다시 말을 이어간다.

"근데 시험 문제에 대해서는 꽉 막혀 있더라. 소하고 이야기하는 기분이었어. 전혀 말이 통하지 않았어. 자꾸만 나를 말도 안 되는 논리로 설득시키려고 하고 말이야. 시험 출제자 의도대로 문제를 풀어야 한다고 하는데, 아니 누가 그걸 몰라? 우리도 출제자 의도대로 문제를 분석하고, 더 다양하게 생각해서 5번도 정답이라고 결론을 내린 거잖아? 그럼 그것에 대해서 말을 해야 하는데, 자꾸만 다른 이야기를 해. 5번은 출제자가 의도한 정답이 아니라는 식으로. 말도 안 되는 소리지."

채니는 아무런 말도 하지 않았다. 저도 모르게 손톱만 물어뜯었다. 초등학교 6학년 이후로 나오지 않던 버릇이다. 채니는 뒤늦게 그걸 알고서 얼른 손가락을 입에서 뺀 다음 손깍지를 끼었다. 초등학교 때도 그랬다. 손톱을 물어뜯으려고 할 때마다 얼른 손깍지를 끼었다. 그게 도움이 되었다.

홍웅주 선생님은 그런 채니의 버릇을 보고는 약간 놀라는 눈빛이었다. 그래도 별다른 말은 하지 않았다. 슬그머니 일어서서 상담실을 왔다 갔다 하다가 채니를 보았다.

"아무튼 나는 어떻게 해서든 김민식 선생님을 만나 볼 거야. 만나서 이야기하는 건 또 다르거든. 그리고 어머니한테도 말했다. 이제 이 문제를 정식으로 알리자고. 말하자면 정식으로 선전포고를 하는 셈이지. 일단 어머니가 오늘 중으로 1학년 학부모 게시판에다 글을 쓸 거야. 아마 내일 학교에 가면 전교생이 다 알게 될 거야. 아마도 더 많은 선생님들이 너를 불러 댈 거야. 그분들이 만나자고 하면 피할 수는 없으니 그냥 듣기만 하고, 저번에 내가 알려 준 대답만 해. 절대 다른 말은 하지 마. 알았지?"

선전포고라는 단어의 의미를 자세히는 모르지만, 왠지 무시무시하게 들렸다.

채니는 포털 사이트 검색창에다 선전포고라는 단어를 쳤다. 확실하게 알고 싶었다. 한 나라가 다른 나라에 대하여 전쟁을 시작한다는 것을 공식적으로 알리는 일이라고 인터넷이 알려 주었다. 그렇구나! 진짜 전쟁이구나!

채니는 다시 손톱을 물어뜯다가 얼른 손깍지를 끼었다. 손가락이 자꾸만 떨린다. 그럴수록 손가락에다 힘을 주었다. 그래도 손가락이 빠져나가려고 하자 무릎 사이에다 끼었다.

학교에 가는 게 두려워졌다. 며칠만 가짜 진단서 같은 것을 내고 학교에 가지 않으면 안 되냐고 물었다.

홍웅주 선생님은 똑바로 채니를 내려다보았다. 아주 냉정한 눈빛이다. 그럴 때 그의 얼굴에서는 아무런 감정이 느껴지지 않았다. 어쩌면 최전선에서 적하고 마주한 병사의 표정이 그럴지도 모른다.

순간 채니는 이렇게 중얼거렸다. 진정 누가 최전선에서 싸우는 전사일까. 홍웅주 선생님일까? 어머니일까? 아니면 나일까? 아무리 생각해 봐도 홍웅주 선생님이랑 어머니는 아닌 것 같다. 어머니가 자신을 낳아 준 사람이라지만 이 전투의 당사자는 아니지 않는가? 홍웅주 선생님 역시 자신을 가르치는 선생님이지만 이 전투의 당사자는 아니지 않는가? 그렇다면 비장한 표정을 짓는 사람은 오채니여야 한다. 그런데 채니는 비장할 수 없었다. 자꾸만 두렵고 불안해졌다.

"채니야, 네 맘은 안다. 근데 학교를 피하면 안 돼. 그럼 네가 지는 거야. 지금 불리한 건 우리가 아냐. 이제 학부모 게시판에 이 일이 올라가면 학교에는 진짜 진도 10 이상의 지진이 날 거야. 너희 학교가 설립된 이후, 가장 시끌시끌해질 거다. 시험이 끝나면 종종 민원이 발생하지만, 이렇게 많은 경우는 드물거든. 너도 알지? 2학년도 지금 난리가 났다는 것. 국어 시험에서 민원이 발생했거든."

채니는 모르는 일이다. 이럴 때는 친구가 없는 것도 도움이 된다. 아직까지 채니는 반장 외에는 카톡을 주고받는 친구가 없다.

"근데 물리까지 민원을 제기하면……. 내일 교장·교감 선생님은 아침부터 바빠질걸. 아마 이사장님한테도 연락이 갈 것이고……. 그럼, 이 문제는 길게 끌 수가 없어. 니네 학교 이사장님

제법 잘 나가는 제약 회사 회장님이시잖아?"

채니는 학교 이사장님 이름을 인터넷 검색창에다 쳐 본다. 금세 인물 정보가 나타난다. 미국에서 대학을 나왔고, 제약 회사를 세웠고, 한때 국회의원까지 했다는 사실을 처음 알았다. 그분이 이순신 장군만큼 엄청난 힘을 가졌으면 좋겠다. 그래서 내일 당장 이 문제가 해결되었으면 좋겠다.

"아, 그리고……. 이건 네 어머니한테 들었는데, 너희 아버님 친구 분이 그 유명한 카이스트 소진우 박사님이라며? 샘도 그분 잘 알아. 내가 우리나라에서 가장 존경하는 물리학자야. 작년에 나온 그분 책은 20만 부 넘게 팔렸어. 물리학 책으로는 드물게 많이 팔린 거지. 세계적인 물리학자이고, 우리나라에서 노벨상 수상자가 나온다면, 그분이라고 봐. 그분이 이번 물리 문제를 보시고는 5번도 공동 정답이 가능하다고 말씀하셨대. 필요하다면 도와주겠다고 하셨대. 이 정도면 다 끝난 거나 다름없어. 괜히 물리 선생님이 똥고집 부리고 있는 거야. 꼴에 학교 선생님이라고 말도 안 되는 자존심 내세우고 있는데, 두고 봐라. 오래가지 않을 테니까."

이번에도 홍웅주 선생님은 알 듯 모를 듯한 웃음을 흘리고는 돌아섰다.

학원을 마치고 나오자 현숙이 차에서 손을 흔들었다. 꽉 다문 입술이 비장해 보인다. 조금 전에 근처 카페에서 학부모 게시판에다 물리 시험에 대한 문제를 정식으로 올렸다고 말했다. 일부러 집이 아니라 카페에 나와서 그 일을 처리했다고 했다. 너무도 조용한 집 안에서는 할 수 없었다고도 했다. 이러저러한 사람이 섞여 있고, 여기저기서 잡다한 세상 이야기가 들리는 곳으로 가자, 묘하게도 편안했다고 말했다.

집에 가자마자 채니는 화장실로 가서 욕조에다 물을 틀었다. 그렇게 욕조 안으로 들어가서 눈을 감았다. 누군가의 목소리가 들렸다. 현숙이었다. 채니는 대꾸하지 않았다. 거실에서 현숙이 좋아하는 클래식 음악이 들렸다. 이대로 푹 자고 싶다. 잠에서 깨어나면 전쟁이 끝나 있을 것이다. 스르르 졸음이 온다. 입을 헤벌리고 자는 것 같았는데, 갑자기 정수가 떠오른다.

"넌 왜 의사가 되고 싶니?"

그 목소리가 너무 또렷하다. 마치 총알처럼 귀에 박힌다. 따갑다. 아프다.

채니는 진짜 아프다고 소리치면서 머리를 흔들어 댄다.

거실에서 현숙이 무슨 일이냐고 소리친다. 그제야 채니는 아무 일도 아니라고 대꾸한다. 뭐가 뭔지 모르겠다. 만약 지금 벌어지고 있는 상황이 전쟁이라면, 전사인 채니의 상대는 물리 선생님이다. 그래야 한다. 그런데 엉뚱하게도 싸우는 상대가 정수 같다. 환장하겠다. 왜 갑자기 정수가 적으로 바뀌었는지 모르겠다.

다시 눈을 감는다. 따뜻한 물이 온몸을 달래준다. 감히 기억난다고 할 수는 없지만, 아기였을 때 그러니까 이 세상으로 나오기 전에 머물렀던 그 세상, 즉 어머니 자궁 속에서도 이렇게 편했을 것 같다. 인간에게 그런 세상이 주어진다는 것이 축복 같다. 어쩌면 인간은 그런 세상을 갈망하면서 살아가는 것이 아닐까. 편안하고, 아무런 걱정도 없고, 누군가를 미워하거나 질투하지 않아도 되고, 아무도 자신을 해코지하지 않아도 되는 곳, 그 어떤 욕심을 부리지 않아도 되는 곳. 살아간다는 것은, 그만큼 완벽하고 평화로운 곳이 아니더라도, 적어도 내 일에 자부심 갖고 만족하면서 살아가는 것을 찾는 과정이 아닐까.

그렇다면 나한테 의사라는 직업은? 그럴까? 나는 왜 이제야 이런 생각을 하게 됐을까? 그러다가 다시 정수의 얼굴이 떠오르자 채니는 마구 얼굴을 흔들어 댄다.

채니가 화장실에서 나오자 거실 소파에서 현숙이 부른다.

현숙은 새우깡을 놓고 캔 맥주를 마시고 있다. 현숙 앞에는 노트북이 펼쳐져 있다. 1학년 학부모 게시판이 보인다.

채니는 고개를 돌린다. 그걸 볼 자신이 없다. 채니는 보지 않고 자기 방으로 들어간다.

현숙의 목소리가 채니를 따라간다.

"채니야, 이제 끝났다! 엄마가 물리 시험에 대한 이야기를 올린 지 한 시간도 되지 않았는데, 벌써 500명이 넘게 댓글을 달았어. 1학년이 모두 300명인데, 500명이 댓글을 달았다면 어느 정돈지 알겠지? 근데 대부분이 내 말에 공감하고 동조한다는 말이야. 내가 아주 자세히 올렸거든. 시험 문제도 적당히 올렸고, 우리 입장도 자세히 올렸어. 원장 샘이 하는 말, 그리고 어제 소 박사님이 하는 말까지. 물론 그분들을 직접 거론하지는 않았어. 그니까 학부모들이 동조하는 것 같아. 그러면서 시험 문제를 너무 성의 없게 낸다고 학교 측을 성토하는 글이……. 에구구! 엄마가 걱정스러울 정도네! 나도 이렇게 문제가 커지지 않고 해결되기를 바랐는데……."

현숙은 말소리가 더 이상 들리지 않는다.

채니는 책상에 앉아서 오늘 공부했던 내용을 짧게 일기 형식으로 정리했다. 과목마다 새로 배웠다거나 몰랐던 것을 깨우쳤다거나 혹은 인상적이었던 영어 문장이나 수학 공식을 짧게 정리한다. 중학교 때부터 하루도 빠짐없이 해 온 버릇이다.

몬스터 에너지 드링크를 마시고 다시 정신을 가다듬는다. 이제 11시 30분이다. 1시까지는 책상에서 버텨야 한다. 카톡 알람이 울린다. 미담이다.

미담: 자니?

채니: 고딩이 12시도 안 됐는데 자면 말이 안 되지.

미담: 그치, 그치. 나도 막 학원에서 왔어.

채니: 나도 씻고 책상에 앉았어.

미담: 야, 학교가 더 시끌시끌해지는 것 같아. 고등학교는 진짜 달라.

그 말에 채니는 가슴이 덜컥 내려앉는다. 미담이 부모님이 엄마가 1학년 학부모 게시판에다 올린 글을 봤구나! 채니는 미담이 부모님이 어떻게 생각하는지 가장 궁금했다. 저도 모르게 한숨을 내뱉고, 왼손 집게손가락을 깨물었다.

미담: 너도 알지? 지금 2학년 언니들이 시끌시끌한 것. 1학년 수학 재시
　　　험 칠 때하고는 상상도 할 수 없을 만큼 난리래.

다행인지 어쩐지 모르겠다. 미담이는 전혀 다른 이야기를 하고 있었다. 채니는 안도하면서 몸을 일으켰다.

미담: 이건 우리 학년 수학 문제 민원하고는 달라. 좀 미묘해.
채니: 난 잘 몰라. 자세히 말해 봐.
미담: 그게 말야…….

미담은 한동안 아무런 문자도 보내지 않았다. 채니는 답답했다. 채팅하다가 이런 경우가 가장 답답하다. 상대 얼굴도 안 보이니까, 더 답답하다.

채니: 왜 그래?
미담: 응 괜히 울컥해지네.

채니는 도무지 미담이가 왜 이러는지 알 수가 없다.

미담: 실은 민원을 제기당한 2학년 언니가 나랑 친해. 초등학생 때부터
친했어.

아니, 이건 또 무슨 말인가? 친한 언니가 민원을 제기당한 당사
자라니?

채니: 난 무슨 말인지 모르겠어.
미담: 그럴 거야 나도 한동안 그랬으니까. 2학년에 나랑 친한 주정진 언
니라고 있어. 정진 언니랑 같은 반인 한시안 언니가 친해. 아주아
주 친하대. 1학년 때부터, 가슴 속에 있는 말을 다 주고받을 정도
로. 그리고 나중에 의대 가서 좋은 의사가 되자고 편지까지 주고
받았대. 정진 언니는 소아과 의사가 되고 싶어 하고, 시안 언니는
영상의학과…….
채니: 아, 벌써부터 그런 구체적인 생각까지 하는구나!

아직 의대에 가지도 않았는데, 소아과나 영상의학과를 생각한
다는 사실이 놀라웠다. 채니는 누가 정상이고, 누가 비정상인지
하마터면 미담이한테 물을 뻔했다.

미담: 근데 시안 언니가 국어 샘한테 전화해서 정진 언니 논술 답안이 틀렸다고 민원을 제기한 거야. 황당하지 않니?

그때까지도 채니는 미담이가 하는 말을 이해할 수 없었다. 보통 시험 민원이란 학생이 담당 선생님에게 제기하는 게 정상이 아닌가. 그런데 친구 시험에 대한 문제 제기라니! 더구나 부정한 방법으로 시험을 치른 것도 아니다.

미담: 논술 문제 답을 쓸 때 큰따옴표 하나를 정진 언니가 빠트렸대. 그래도 국어 샘은 정답 처리를 해 준 거야. 근데 그걸 알고, 시안 언니가 그건 틀린 거 아니냐고 민원을 제기한 거야.

그제야 상황을 파악한 채니는 한동안 말이 나오지 않았다. 둘이 절친이라고 했는데, 그게 가능한 일인가. 혹시 시험 보기 전에 둘이 싸웠나? 채니가 그렇게 묻자, 미담이는 아니라고 했다.

미담: 그래서 미묘하고, 황당하고, 서글프고……. 정진 언니는 지금 엄청 충격에 빠졌어. 나랑 통화하는 내내 우는데, 계속 학교를 다닐 수 있을지 모르겠대. 아무리 경쟁자라고 하지만, 그래도 친구잖아? 근데, 근데, 근데…….

채니: 네가 많이 위로해줘라. 진짜 힘들겠다.

미담: 2학년 학부모 게시판 분위기가 참 묘하대. 처음에는 시안 언니를 성토하는 글이 대부분이었대. 아무리 성적이 중요하다고 해도 친군데, 어떻게 그럴 수가 있냐면서……. 같은 학년의 학부모라서 창피하고, 서글프고, 쪽팔리고……. 막 그러더니, 어느 순간에는 이런 현실을 만든 우리 사회 어른들을 성토했대. 친구하고도 경쟁해야 하는 세상. 친구가 잘못되어야 내가 사는 세상, 그런 곳이 학교라고 하면서 무섭고, 소름 돋는다고……. 그러다 결국 정진 언니한테 화살이 모아지더래. 민원이 제기된 상황은 서글프고 마음 아프지만, 현실은 냉정하게 생각해야 하는 거 아니냐고.

미담: 그니까 시안 언니의 민원이 맞다는 것이지. 큰따옴표를 빠트렸으니까, 틀린 거 맞지 않느냐고. 학부모들 여론이 그렇게 흘러가고 있대. 그래서 정진 언니가 어떻게 학교를 다녀야 하냐고…….

채니는 당사자가 아닌데도 가슴이 너무 먹먹했다.

미담: 궁금해. 넌 어떻게 생각하는지?

갑자기 미담이가 그렇게 묻자 채니는 당황했다. 뭐가 궁금하다는 것인가?

미담: 그러니까 문제를 제기한 시안 언니를…… 어떻게 생각하는지?

채니: 글쎄? 나도 첨에는 이게 뭐지? 이런 일이 가능한가? 말도 안 돼. 그랬는데, 네 문자를 계속 보니까 한편으로는 이해가 돼. 시안 언니가 그렇게 한 것이. 만약 둘이 그 문제 하나로 1등급 다툼을 하고 있었다면……. 그래서 시안 언니가 그런 민원을 제기했겠지.

채니는 그렇게 카톡을 보내고도 이상하게도 마음이 편하지 않았다. 내가 너무 솔직하게 말한 게 잘못인가. 왜 이렇게 얼굴이 달아오르는 것일까.

채니: 아니, 시안 언니가 옳다는 건 아니야. 내가 시안 언니를 잘 아는 것도 아니고, 그냥 그런 생각이 든다는 거지.

한참 만에 미담이한테 답장이 왔다.

미담: 그래, 그렇구나!

미담이는 더 이상 그 문제에 대해서 말하지 않고 화제를 돌렸다. 토요일에 정수를 만나던 순간을 떠올리면 지금도 꿈을 꾸는 것 같다고 말했다. 꼭 의대에 다니는 사람을 만나고 싶었다면서, 고맙다는 말을 두 번이나 했다.

2학년 서민정 선생님

아침 일찍 1학년 부장 선다해 선생님한테 문자 메시지가 왔다. 30분 정도 일찍 출근할 수 있냐는 내용이었다. 민식은 그렇게 하겠다고 답장했다. 선다해 선생님은 주차장에서 민식을 기다리고 있었다. 텅 빈 운동장에서는 물까치 떼들이 깡충깡충 요란하게 떠들면서 자기들만의 놀이를 즐기고 있었다. 선다해 선생님은 운동장이 한눈에 들어오는 나무 의자에 앉았다.

"저는 이 학교에 처음 올 때, 이렇게 운동장이 잘 보이는 약간 높은 숲이 있다는 게 좋았어요. 저는 나무 의자를 좋아하거든요. 이렇게 숲에 앉아서 아이들이 뛰어노는 것을 보는데, 묘하게도 환상적으로 마음이 부풀어 오르더라고요."

아, 그랬구나! 민식은 속으로 그렇게 중얼거렸다. 나뿐만 아니었구나! 이 숲이 모두에게 그런 마법을 걸었다는 사실을 새삼 깨

닫는다.

민식은 자기 감정을 누르고 가만히 있었다.

"그때는 학교에 100여 그루 나무가…… 느티나무, 은행나무, 감나무, 단풍나무 들이 뒤섞여서 대단했잖아요? 근데 이제 20그루 정도만 남았고, 그것도 시간문제이지 다 사라질 것 같아요. 그 동안 하나둘씩 사라졌잖아요? 그걸 알면서도 우리는 다 모른 체했고요. 갑자기 저 나무들 운명이 선생님들이랑 비슷하다는 생각이 드네요. 시간이 흘러가면서, 우리가 소중하게 생각했던 가치들이 하나둘씩 사라지기도 하고, 말도 안 되는 것들이 진실처럼 자리잡기도 하고……."

로댕의 생각하는 사람처럼 상체를 앞으로 구부리고 오른손으로 턱을 받친 선다해 선생님은 한동안 움직이지 않았다.

바람에 흔들리는 느티나무 이파리들이 햇살을 잘게 부수어 아래로 쏟아낸다.

민식은 두 손을 펼쳐 그 햇살 알갱이를 받아낸다. 신이 만들어 낸 태초의 알갱이들은 무게가 없다. 민식은 그런 생각을 하면서 심호흡을 해 본다.

선다해 선생님은 바람이 더 불었으면 좋겠다고 생각해 본다. 가끔은 동료인 민식이 바람 같다고 생각했던 적이 있다. 민식은 늘 다른 영역의 사람이었다. 겉모습이야 시간의 서슬에 꺾여 변해간다지만 내면은 늘 한결같은 존재라는 뜻이다.

학생들을 대하는 모습도, 민식은 늘 일관되게 원칙적이면서도 따뜻했다. 민식은 영원한 선생님으로 남고 싶어 했다. 학교의 권력 다툼에 조금도 끼어들고 싶어 하지 않았다. 아주 단호했다. 특히 사립 학교라서 그런지 민식은 종종 그런 말을 했다. 저는 교장 교감 같은 감투에는 관심 없습니다, 하고. 선다해 선생님은 그것이 진실이라고 믿는다. 그런데도 그녀는 늘 민식을 경쟁자로 인식했다. 그만큼 그에 대한 평이 좋다는 뜻이기도 했다.

"교사이니까, 당연히 교장 교감은 한 번씩 해 보고 나와야지!"

선다해 선생님은 친한 친구들 앞에서 버릇처럼 띠벌렸다. 그선 진실이었고, 굳이 숨기고 싶지 않은 욕망이었다. 그녀는 동료 교사들에게도 솔직하게 그런 감정을 표현한 적이 있었다. 학년 부장을 맡은 것도 그런 계단을 밟아 가는 과정인 셈이다.

본인이 계속 부인해도, 민식이 강력한 교감 후보인 것은 분명했다. 왜냐면 재단에서는 여자보다는 남자를 더 선호하기 때문이다. 사립 학교는 의외로 보수적이다. 지금 교감 선생님이 여자인 것도 그녀한테는 불리하다. 다음에는 남자가 교감이 될 가능성이 더 높다.

게다가 선다해 선생님은 이번에 치명적인 실수를 했다. 교장 선생님이나 교감 선생님에게 정식으로 보고하지는 않았지만, 그분들도 이번에 발생한 수학 민원의 본질에 대해서 잘 알 것이다. 누구도 공식적으로 그 문제에 하자가 있다는 말을 하지 않았다.

그 말이 나오기 전에 다해가 서둘러 사태를 봉합해 버렸기 때문이다. 교장 선생님이나 교감 선생님도 그 문제에 대해서 더 이상 말하지 않았다. 그래도 찝찝한 건 사실이다.

그런 상황에 물리 시험에 대한 민원이 발생했다. 선다해 선생님은 그것이 부담스러우면서도 한편으로는 전화위복의 기회가 될 수도 있다는 생각이 들어서 예의주시하는 중이다.

민식은 쉽게 타협하지 않을 것이다. 그럴 경우, 그녀는 강력한 경쟁자를 피 한 방울 흘리지 않고 제거하게 된다. 어쩌면 그녀가 가장 원하는 상황일지도 모른다. 이번 일이 민식에게는 불행이지만, 자신에게는 큰 행운이라는 생각까지 하면서 헛기침을 한 번 크게 뱉었다.

"민식 샘, 2학년 국어에서도 민원이 터졌다는 거 아시죠?"

"예, 들었습니다."

"그런 일이 우리 학교에서 발생했다는 게 부끄러운 일이지만, 쉽게 해결될 것 같지는 않습니다. 민원을 제기한 학생이 워낙 강하게 나오고 있어서요."

"그런가요?"

"그렇다네요. 그냥 쉽게 해결될 것 같았는데…… 학년 분위기도 뒤숭숭하다고 하고……"

"그렇군요."

민식은 뭐라 말을 보텔 수가 없었다. 입을 열기만 하면 한숨이 터져 나왔다.

"어쨌든 민식 샘, 어떻게 처리하실 생각입니까?"

선다해 선생님이 민식을 똑바로 쳐다보면서 물었다.

"뭐 어떻게 하긴요. 그 문제에 하자가 없는데, 막무가내로 공동
정답 처리를 해 달라고 한다고 해서 들어줄 수는 없잖아요?"

순간 선다해 선생님 입술이 꾹 다물어졌다. 민식이 그렇게 나
올 줄 알았지만, 막상 예상한 대로 흘러가자 왠지 가슴이 답답했
다. 그녀는 더 이상 할 말이 없다는 사실을 문득 깨달았다. 뭐라
설득한다고 들을 나이가 아니다. 그만큼 그들은 학교에서 오래
살았다. 학교를 지켜 온 나무랑 비슷한 존재다. 베어 낸다면 모를
까, 그 전에 스스로 자리를 피하지는 않을 것이다.

어쨌든 민식에게는 참으로 고통스러운 싸움이 될 것이다. 교사
가 이긴다 한들 본전도 못 찾는 게임이다. 물론 지면 치명상을 입
는다. 학부모들에게 찍히고 학교 재단에 찍히고, 동료 선생님들의
눈 밖에도 나게 된다. 그러니 일찌감치 져 주면서 일찍 정리하는
게 낫다. 민식이 그걸 모를 리가 없다.

"알았습니다. 민식 샘이 더 힘들어지지 않기만을 바랄게요."

선다해 선생님은 그 말을 힘주어 뱉어 낸다.

민식은 먼저 일어나서 꼿꼿하게 걸어가는 선다해 선생님 뒷모
습을 바라다본다. 오늘따라 그 사람이 나무 같다.

민식이 교무실로 와서 보이차 한 잔을 마시자마자 교감 선생님

이 불렀다. 동료 선생님들의 눈빛이 등 뒤에 붙어서 따라오는 것만 같았다. 죄다 걱정하는 눈빛이다. 그런 눈빛이 오히려 민식은 더 부담스럽다.

얼핏 농구 선수를 연상시킬 만큼 키가 큰 교감 선생님은 자리에 앉자마자 비타민 음료수 한 병을 꺼낸다. 교감 선생님에게 알 수 없는 향수 향이 강하게 풍긴다. 민식은 재채기를 피하려고 비타민 음료수를 마신다.

"아이고, 김민식 선생님이랑 참 오랜만이네요. 그래도 같은 교과에 있을 때는 종종 회식도 하고……."

교감 선생님은 재작년까지 생명과학을 가르쳤다. 교감을 맡은 지가 얼마 되지도 않는데, 과학 선생님이었다는 이미지가 싹 사라져 버렸다. 저 자리를 맡게 되면 다들 그렇게 되나 보다. 민식은 새삼 그런 생각을 했다.

"김민식 선생님, 내가 왜 불렀는지 아시죠? 허허허, 물론 잘 해결하실 거라고 믿습니다. 조금 전에 재단 이사장님한테도 전화가 왔습니다. 회사에서 비서가 어떻게 알았는지 벌써 이사장님한테 보고를 했다고 합니다. 시험에 대한 민원이 뭐 큰 문제는 아니지만, 요즘 세상은 다르잖아요? 어떤 식으로 해석하느냐에 따라서 작은 문제가 어마어마하게 커지기도 하니까요. 이사장님이 그러시더라고요. 더 커지기 전에 어서 해결하시라고요. 일단 학교는 시끌시끌하면 좋을 게 없잖아요? 더구나 학교 시험 문제로 시끌시끌하면 좋을 게 없죠. 나도 과학 선생이었으니까, 민원이 제기된 그 문제를 신중하게 봤습니다. 물론 그 문제에 특별히 하자가 있는 건 아닙니다만, 그냥 학부모들 여론대로 하자고요. 시험이라는 것이 학생들 등수를 매기는 수단이지, 솔직히 그 이상 의미가 있습니까? 그러니까 순리대로 갑시다."

민식은 교감 선생님이 말하는 순리라는 것에 대해서 끊임없이 곱씹었다. 교감실을 나와서도 마찬가지였다. 학생들과 수업을 할 때도 그 생각이 사라지지 않았다.

민식은 채니한테 다시 상담 시간을 갖자고 했다. 채니는 아무런 말을 하지 않았다. 이제 이 사건은 자기 손에서 떠났으니까, 저는 아무런 할 말이 없다는 눈빛이었다.

점심시간에 채니를 만났지만, 녀석은 한 마디도 하지 않았다. 그냥 가만히 듣다가 "선생님, 제 생각은 변함이 없습니다" 하고는 일어나 버렸다.

민식은 의자에다 등을 기댄 채 눈을 감는다. 이 사건은 무조건 채니랑 풀어야 한다. 다른 사람들이 개입하면 안 된다. 채니랑 풀어 내지 않으면 영원히 풀 수 없게 된다. 그런데 자꾸만 다른 사람들이 개입하고 있다. 그것이 답답했다.

민식은 학교 수업을 마치고 다시금 채니한테 만나자고 문자를 보냈다. 채니는 학원 때문에 안 된다고 답장을 보내 왔다.

민식은 어젯밤에 아내하고 이 문제를 의논했다. 가만히 민식의 말을 듣고만 있던 아내가 그의 손을 잡았다. 그리고 어떻게 하고 싶느냐고 물었을 때, 민식은 갑자기 가슴이 콱 막혔다. 민식이 아무런 말을 하지 못하자, 아내가 그를 꼭 안았다. 그리고 가슴으로 말하듯, 아내 특유의 착 가라앉은 목소리를 전해왔다.

"저는 늘 당신을 지지해요. 여기까지 왔는데…… 당신 맘이 가는 대로, 몸이 가는 대로……. 예에, 그렇게 가요. 다른 걱정은 하지 말고요. 사는 거야 어떤 식으로든 살아지는 거니까요."

아내도 교사였다. 어쩌면 민식보다 더 열정적인 눈빛을 가진 사람이었다. 아내가 지금까지 버티었다면 참 근사한 눈을 가진 선생님으로 남아 있을 것이다. 안타깝게도 아내는 10년 만에 퇴직했다. 너무 몸이 아팠다. 아내는 그런 자신이 밉다면서 한동안 우울증까지 심하게 겪었다. 그러기를 또 10년이라는 시간이 흘렀다. 아내는 예년보다 더 건강해졌다. 실제로 키도 자란 것 같았다. 그만큼 몸이 커졌고, 목소리도 굵어졌다. 그러나 다시 학교로 돌아갈 수는 없었다. 아내는 한숨을 내뱉는 민식을 더욱 힘주어 안으면서 너무 걱정하지 말라는 말을 덧붙였다.

"아직 애들이 대학생이지만, 큰애는 내년이면 졸업하고, 둘째는 군대에 가면 돼요. 걱정 마세요. 당신 맘 가는대로…… 그래야 해요."

민식은 끝내 아무런 말도 하지 못했다. 그런 생각을 하자 다시 한숨이 나왔다. 점점 더 외통수로 몰리는 기분이었다.

빈식은 화장실에서 나오다가 2학년 국어 담당 서민정 선생님을 만났다. 언제나처럼 모델 같은 걸음걸이다. 옷차림도 다른 선생님들하고 다르다. 민식은 여자들 옷에 대해서 잘 모른다. 아무리 명품 브랜드 옷을 입었다고 해도 잘 모른다. 언젠가 박미선 선생님이 슬쩍 언질하자, "저 옷이 몇 백만 원짜리라고요?" 하고 놀랐던 적이 있었다. 서민정 선생님은 그런 여자였다.

같은 학교에서 일하지만, 서로 다른 세상에서 살고 있었다. 그래서 그런지 별로 친하지도 않았고, 상대에게 관심도 없었다. 그냥 서로를 인정해 주며 지내는 사이였다. 오늘도 민식은 살짝 눈웃음을 주면서 인사하고는 지나치려다가 주춤했다.

"민식 샘, 힘드시죠?"

상대 목소리가 들렸다. 주변을 의식하지 않고 내뱉는 말투였다. 몇몇 학생들이 그 말을 듣고 돌아다보았지만 서민정 선생님은 의식하지 않았다.

서민정 선생님이 잠깐 이야기를 하자고 하면서 과학실로 들어갔다. 민식도 따라갔다. 서민정 선생님은 자리에 앉지 않았다. 창가로 가서 팔짱을 끼고 밖으로 바라다보았다. 교실 밖은 아무런 풍경이 없다. 또 다른 건물 벽만 보일 뿐이다. 그 건물도 숱한 나무들을 베어 내고 들어섰다.

"민식 샘, 그래도 그렇게 티 나게 힘든 표정 짓지는 마세요. 주제 넘는 말일 수도 있으나, 전 그렇게 생각해요."

"아, 그러게요."

예상하지 못했던 위로에, 민식은 서민정 선생님을 다시 보았다. 그녀는 나이에 비해서 건강하게 관리된 옆얼굴만 보여줄 뿐, 조금도 고개를 돌리지 않는다.

"민식 샘이랑 같은 처지가 되다니……. 학교 선생님으로서 늘 같은 자리에 있기는 하지만, 저랑 가장 먼 곳에서 잘 살고 있는 사람으로만 생각했어요. 아시잖아요? 전 한 번도 민식 샘이랑 같은 국회의원을 뽑은 적도 없고, 당연히 시장 선거를 할 때도, 대통령 선거를 할 때도…… 흔히 보수 꼴통이라고 하는 사람만 뽑았을 정도로……. 그게 그렇게 되더라고요. 살다 보니까요. 그래서 한 번도 민식 샘이랑 교사로서 같은 고민을 할 거라고 생각하지 못했는데……."

"에이, 그게 뭐가 중요합니까?"

민식은 몇 마디 더 보태려다가 참았다. 지금 이 상황에서는 별로 적절하지 않을 것 같아서였다. 서민정 선생님 목소리에는 더 힘이 실렸다.

"전 물러나지 않을 겁니다. 아니, 따옴표 하나 안 했다고……. 막말로 전 학교 때려치워도 생계에 타격이 있는 것도 아니고요. 민식 샘, 아시죠? 전 가질 만큼 가졌거든요."

뭔가 전의를 불태우는 그 눈빛이 최전선에 나가는 전사 같았다. 민식은 그 비장함이 아니, 여유로움이 부럽다. 똑같은 상황인데 그녀는 외통수가 아니었다. 민식은 여기서 물러날 곳이 없었다. 물론 아내는 괜찮다고 했지만, 학교에서 물러난다면 경제적으로 심각한 타격을 입을 것이다. 어쩌면 대리운전 기사라도 해야 할지도 모른다. 그래도 가장 자신 있는 것이 운전이다. 그것밖에는 떠오르지 않는다.

너무 처해 있는 처지가 달라서 그런지 민식은 서민정 선생님이 동지로 느껴지지 않는다. 그래서 애매하게 아직은 어떻게 대처할지 잘 모르겠다고 대답했다. 자꾸만 자신이 초라해지고 자신이 없어진다. 왜 갑자기 그녀의 삶을 구석구석 떠올리는지 모르겠나. 그래, 그녀는 보통 선생님들이 탈 수 없는 고급 외제차를 당당하게 타고 다닌다. 아이들은 다 외국으로 유학을 보낸 상태고, 서울에 빌딩을 다섯 채나 소유하고 있는 건물주다. 남편은 성형외과 의사다. 그녀가 새삼 부럽다. 돈이 많다는 것은 자유롭다는 뜻이구나! 누군가랑 타협하지 않아도 된다는 뜻이구나! 민식은 세상에 태어나서 처음으로 부자가 부러웠다. 할 수만 있다면 자기도 부자가 되고 싶었다.

"샘, 힘내세요!"

서민정 선생님이 그렇게 말하고 상담실을 나갔다. 그녀가 나가고 나자, 이상하게도 동지 같다는 생각이 든다.

*

쉽게 끝날 것 같지 않다. 이 전쟁은 쉽게 끝날 것 같지 않다.

채니는 현숙의 말을 들으면 들을수록 그런 생각이 들었다.

어젯밤에 홍웅주 선생님과 물리 선생님이 만나서 실랑이를 했다고 현숙이 말했다.

"원장 샘이 계속 민식 샘한테 한 번만 만나자고 연락을 한 모양이야. 근데 민식 샘이 만나 주질 않은 거야. 그러자 원장 샘이 민식 샘 사는 아파트 앞에서 기다린 모양이야. 민식 샘이 화를 내면서, 당신 뭐야, 스토커야, 하고 소리쳤어. 당장 경찰을 부르겠다고 하면서……."

현숙은 말꼬리를 흐리면서 자꾸만 입술을 깨물었다. 아, 저것도 엄마한테 물려받은 것이구나! 채니는 씁쓸하게 웃으면서 씻으러 가겠다고 하였다. 현숙이 꽉 깨문 입술을 풀면서 할 이야기가 남았으니 기다리라고 했다.

"암튼, 원장 샘이 죄송하다고 하면서 잠깐만 시간을 내 달라고 한 거야. 그런데도 민식 샘이 거절했대. 내가 왜 당신하고 만나냐고? 나는 사교육 선생님하고 만날 이유가 없다고 단호하게 말했대. 그래도 원장 샘이 잠깐이면 된다고 하자, 못 이기는 척 따라오시더래. 근처 편의점 앞으로 두 분이 가셨대. 원장 샘은 말을 돌리지 않고 솔직하게 말씀하셨대. 여러 가지 말씀을 하신 다음에,

5번을 공동 정답으로 인정하고 적당히 마무리 지으시는 게 어떠냐고 하셨대. 민식 샘은 정답이 아닌 것을 어떻게 정답으로 인정하느냐고 대답하셨대."

채니는 아무런 할 말이 없었다. 어차피 이제 내가 할 수 있는 일은 아무것도 없어. 아니 애초부터 이 전쟁은 내가 할 수 있는 게 아무것도 없었는지 몰라. 채니는 그렇게 중얼거렸을 뿐이다.

"처음부터 내가 나섰어야 했어. 원장 샘은 당사자가 아니잖아? 이제 엄마가 나설 거야. 자, 그니까 며칠만 버티자! 시간은 우리 편이니까."

현숙은 학부모 여론에 대해서는 말하지 않았다.

채니는 오늘 오후에 미담이한테 학부모 여론이 어떻게 흘러가는지 대충 들었다. 미담이는 자기 어머니한테 들었다고 하면서 학부모 게시판에 올라온 글에 대해서 자세히 알려 주었다.

현숙이 물리 시험에 대한 글을 올릴 때만 해도, 왜 문제를 허술하게 출제하여 이런 민원이 발생하게 하느냐고 성토하는 글이 주류였다. 일부는 수학처럼 재시험을 봐야 한다고도 했고, 5번을 공동 정답으로 인정해야 한다는 글도 있었다. 그런데 시간이 흐르자 분위기가 묘하게 바뀌었다.

전혀 다른 글이 올라오기 시작했다. 시험 문제가 틀렸다고 해서 무작정 민원을 제기하는 것은 옳지 않다는 내용이었다. 특히 은솔이 어머니가 올린 글은 채니의 심장을 정조준하고 있었다.

은솔이 어머니는 해당 문제를 나름대로 분석한 다음, 주변 전문가들의 의견까지 첨부하여 그 시험 문제에 아무런 하자가 없다고 하였다. 결국 그 문제 때문에 1등급을 받지 못할 처지가 된 학생이, 억지로 자신이 틀린 문제를 걸고 넘어가는 꼴이라고 했다. 만약 이런 식으로 시험 민원이 해결된다면, 당신도 나중에 비슷한 민원을 제기하겠다는 말도 덧붙였다.

그러자 물리 시험 만점자 학부모들이 일제히 옹호하는 글을 올렸다. 다른 문제를 틀린 학생들도 다 민원을 제기해야 한다는 식으로 글을 올리는 사람도 있었다. 이럴 바에는 모든 시험을 학교가 주관하는 것이 아니라 외부 기관에서 주관해야 한다고 글을 올리기도 했다. 어차피 이렇게 민원이 늘어나다 보면 나중에는 학교가 감당하기 힘들 거라는 글도 있었다.

학교 교육에 대한 애정 어린 비판을 하는 글들도 올라왔다. 그 분위기가 묘했다. 뭐라 쉽게 말할 수 있는 상황이 아니었다. 2학년 학부모 게시판하고는 전혀 달랐다. 2학년 학부모 게시판은 큰따옴표를 하지 않은 학생의 정답 처리는 부당하다는 쪽으로, 거의 모든 의견의 모아지고 있었다. 서민정 선생님이 계속 물러서지 않자, 혹시 정답 처리가 된 그 학생과 무슨 관계가 있을지도 모른다는 황당한 글까지 올라왔다. 심지어 교사로서 자질이 부족하다는 등의 인신공격을 하는 글도 있었다.

"미담아, 너희 엄마 의견은 어떠셔?"

채니가 미담이한테 그렇게 물었다.

미담이는 왼 볼을 지나치게 찡그렸다가 헤헤헤 웃었다.

"우리 엄마? 우리 엄만 푼수라서……. 첨에는 솔직히 5번을 공동 정답으로 하는 게 말이 안 된다고 하시다가 내 친구라는 것을 알고는, 뭐 그래도 상관없대. 우리 엄만 잘 몰라, 암튼 난 네 편이야. 널 응원할게."

사실 채니는 그 말이 듣고 싶었다. 미담이 하나면 충분했다. 더이상 친구도 필요 없다. 채니는 진심으로 고맙다는 말을 했다.

어느새 미담이가 절친처럼 느껴졌다. 채니는 미담이한테 가슴속에 있는 말까지도 스스럼없이 내뱉게 되었다.

"헤헤헤, 나를 그렇게 생각해 주다니……. 난 그저 고맙고……. 암튼 내가 뭐 도울 일 있으면 말해."

그때 홍응주 선생님 얼굴이 떠올랐다. 홍응주 선생님은 몇 번이나 학교에 가서 5번을 정답으로 표기한 학생이 얼마나 되는지 알아보라고 했다. 만약 5번을 정답이라 적은 학생들이 많으면, 그 학생들이랑 같이 연대해서 싸울 수 있다는 뜻이다. 채니는 그 뜻을 알지만, 홍응주 선생님 앞에서 고개를 끄덕이지 못했다. 채니는 같은 반에서도 소통하고 지내는 학생들이 몇 되지 않는다. 그러니 그걸 어찌한단 말인가. 그렇다고 다른 반 학생들에게 물어볼 수도 없는 일이다. 그런데 미담이라면 가능할지도 모른다. 다른 반까지는 몰라도 같은 반 학생들이 5번을 정답으로 표기했는지 대충 파악할 수 있을 것이다.

채니는 슬그머니 그런 이야기를 꺼냈다. 채니 이야기를 들은 미담이는 하얀 치아가 보이게 입을 크게 벌려 알았다고 했다.

"그 정도는 내가 할 수 있어. 걱정 마."

"고맙다, 친구야!"

채니는 저도 모르게 미담이 손을 꼭 잡았다. 미담이는 수줍은 듯 웃었다.

채니는 그런 생각을 하면서 샤워를 하고, 잠들기 전에 미담이한테 카톡을 보냈다. 조만간 미담이 생일이 다가온다. 채니는 미담이한테 뭘 좋아하냐고 물었다. 혹시 생일 선물로 받고 싶은 게 없냐고 묻기도 했다. 미담이는 생각해 보겠다고 하였다. 채니는 물리 선생님과 홍응주 선생님 이야기까지 하나도 숨김없이 다 뱉어 냈다. 미담이는 놀라면서도 채니를 응원했다.

미담: 난 네가 더 힘들어지기 전에 이 문제가 해결되기를 바랄 뿐이야.

채니: 고마워. 그 언닌 좀 어때? 주정진 언니.

미담: 어제까진 연락됐는데…….

채니: 뭐야? 연락이 안 돼?

미담: 응. 걱정돼.

온몸이 어디론가 빨려 드는 듯이 졸음이 쏟아진다. 몬스터 에너지 드링크를 마시려고 하다가 고개를 흔들었다.

채니는 책상에서 침대로 쓰러지듯이 눕는다.

막상 침대에 눕자 눈꺼풀은 더욱 무겁게 내려앉지만, 머릿속에서 누군가의 얼굴이 햇무리처럼 떠오른다. 은솔이다. 오늘 3교시가 끝나고 우연히 복도에서 마주친 은솔이가 시비조로 말했다.

"야, 오채니! 적당히 해라. 우길 걸 우겨야지. 5번은 정답 근처에도 가지 못했어. 차라리 1번을 공동 정답으로 우긴다면 이해하겠다!"

은솔이는 얼굴이 길쭉하다. 그래서인지 상대를 비아냥거리는 웃음이 더욱 또렷하게 드러난다. 눈동자는 얼굴에 비해서 동그랗다. 그래선지 상대를 깔보고 무시하는 웃음도 더욱 또렷하게 드러난다.

채니는 힘껏 입술을 깨물었다가 풀어냈다.

"재수 없어!"

그 한마디만 날리고 돌아섰다.

은솔이가 뒤따라왔다.

"오채니! 그럼 날 한번 설득해 봐. 어떻게 5번도 공동 정답이냐고? 만약 내가 설득된다면, 앞장서서 나설게."

채니는 뒤돌아보지 않았다. 뒤돌아보면 은솔이 작전에 걸려들 것 같았다.

"내가 왜 그래야 하니? 네가 물리 샘이야?"

은솔이는 끈질기게 따라왔다.

"이렇게 문제를 틀리면, 무조건 민원 제기하면 다 되는구나!"

"네 맘대로 해. 왜 잔말이 많아!"

채니는 더 빠르게 걸었다.

은솔이도 빠르게 따라왔다.

"오채니! 근데 민식 샘이 호락호락하지 않을걸! 아마 민식 샘을 꺾지는 못할 텐데……."

"야, 그래서 어쩌라고!"

채니는 소리를 빽 질렀다. 그와 동시에 눈알이 튀어 나가도록 상대를 노려보았다. 어지러웠다. 누군가를 잡고 싶었다.

그때 미담이가 나타났다.

"야야, 뭐해? 다들 쳐다보는데……."

미담이가 채니랑 은솔이 어깨를 동시에 잡고 흔들었다. 은솔이는 억지로 웃으면서 싸우는 거 아니라고 말했다. 미담이가 아니었다면, 채니는 그 자리에서 더 이상 버티지 못했을 것이다.

다음 날 학교에 가자마자 2학년 서민정 선생님이 사직서를 썼다는 소문이 돌았다.

채니는 급하게 미담이를 보자마자 그 소문의 실체를 캐물었다. 미담은 아직 모르겠다고만 하고는 너무 신경 쓰지 말라고 했다.

학생들이 교실 안에 다 들어찼을 즈음, 미담이가 교탁 앞으로 나갔다.

"아, 잠깐만. 다들 알겠지만 채니가 물리 시험에 대한 민원을 제기했잖아? 생각이 같은 사람도 있을 테고, 다른 사람도 있을 테지만, 민원 제기한 친구를 비방하지는 말자. 채니는 그게 옳다고 생각하기 때문에 그런 것이니까. 그리고 5번을 정답이라고 표기한 사람 있어? 손 들어 봐."

뒤쪽에서 딱 한 명이 손을 들었다. 공부 잘하는 학생은 아니다.

"알았다. 곧 선생님 오시니까, 자습하고 있어."

미담이가 자기 자리로 돌아가려고 할 때, 창가에서 누군가 말했다. 평소에는 별로 말이 없는 학생이다.

"난 문제가 된 물리 문제 5번이 공동 정답인지 어쩐지 모르겠지만, 근데 말이야, 그건 물리 샘한테 민원을 제기할 게 아니라, 물리 만점받은 학생들한테 물어봐야 하는 거 아냐? 이번에 물리 만점자들이 모두 10명이라고 하던데, 우리 빼고 그 잘난 것들한테 물어봐야 할 듯!"

근처에 있는 또 다른 학생이 큰 소리로 맞장구쳤다.

"그래그래! 오채니가 물리 한 문제 틀렸다면서? 그 문제에서 5번이 정답으로 인정되면, 오채니도 만점이잖아? 그럼 이미 만점 맞은 학생들이 싫어할 텐데!"

"맞아 맞아! 이건 애초부터 물리 샘한테 민원 제기하는 게 아니었어. 그냥 잘난 것들이 모여서 한바탕 싸우든가, 해서 해결하는 문제였어."

"그래, 왜 괜히 민원을 제기해서 학교를 시끌시끌하게 해!"

아니 왜 갑자기 모든 화살이 나한테 쏟아지는 걸까? 채니는 이런 상황이 황당하고 한편으로는 억울해서 견딜 수가 없었다. 내가 뭘 잘못했단 말인가. 채니는 슬쩍 눈길을 돌리다가 바로 건너편에 앉아 있는 은솔이랑 눈이 마주쳤다. 은솔이도 당황하고 있었다.

미담이는 이런 상황을 예측하지 못했는지 멍하니 있다가, 발을 한 번 힘껏 구르면서 "야야!" 하고 소리쳤다. 그 목소리가 어찌나 컸는지, 잡음처럼 들끓던 교실이 조용해졌다. 이럴 때는 목소리가 큰 것이 최고였다.

"야야! 조용, 조용! 너희들은 어떻게 그런 생각만 하냐? 채니는 진짜 그 문제에 하자가 있다고 생각해서 민원을 제기한 거라고. 그니까 비난하지는 말자!"

채니는 미담이한테 고맙다는 말을 하려고 고개를 돌리다가 다시 은솔이랑 마주쳤다. 은솔이는 슬그머니 눈을 피해 버렸다.

채니는 종일 미담이 목소리를 떠올렸다. 채니는 진짜 그 문제에 하자가 있다고 생각해서 민원을 제기한 거라고! 그게 사실일까? 채니는 자기 자신에게 묻고 또 물었다. 채니는 몇 번이나 대답하려고 했다. 그때마다 손톱을 물어뜯고 있었다. 수업이 끝나고 학원에 갈 때까지도 채니는 아무런 대답을 하지 못했다.

학원에 가다가 프랜차이즈 카페에 앉아 있는 은솔과 황민을 보왔다. 채니는 잘못 본 게 아닌가 하고 몇 번이나 두리번거리다가 황민이랑 눈을 마주쳤다. 황민이 손을 흔들었다. 채니는 못 본 체하고 돌아섰다.

은솔이랑 황민은 전교 1등을 다투는 사이다. 그런데 저렇게 친할 수가 있을까. 채니는 뭔가 잘못 본 것이라고 중얼거리면서 빠르게 걸었다. 다시는 마주치고 싶지 않은 얼굴들이다.

제3의 전문가가 참여하는
심의 조정 위원회

홍웅주 원장님은 현숙을 보자마자 애써 웃음을 짓더니, 이내 시선을 피한다. 현숙은 그가 자꾸 자기 시선을 피하는 것이 못마 땅하다. 처음 물리 시험에 대한 민원을 제기할 때만 해도 자신감 이 넘치던 눈빛은 이미 사그라든 지 오래다. 현숙은 일부러 크게 한숨을 내쉰다. 결국 그는 싸움만 붙여 놓고, 아무런 해결도 못 한 채 뒤로 빠지려고 하고 있다.

카페 안은 사람들로 북새통이다. 테이블과 테이블 사이의 간격 은 1미터도 되지 않는다. 닭장 속에 닭들이 모여 있는 것 같다. 그 만큼 밀집도가 높다. 그런데도 누군가는 노트북을 켜 놓고 무엇 인가를 열심히 쓰고 있으며, 또 누군가는 책을 보고 있다.

원장님은 커피를 다 마시고 나서야 현숙을 똑바로 쳐다본다.

"교수님, 김민식 선생 정말 독한 사람입니다. 보통 그 정도 말하면 알아들을 만한데도……. 꼴통입니다. 완전 꼴통이에요!"

원장님은 김민식 선생님 이메일까지 알아내서 시험 문제에 대한 문제점을 조목조목 꼬집어서 보냈다. 그뿐 아니다. 안면 있는 학부모를 통해 1학년 학부모 게시판에다 그 시험 문제에 하자가 있다는 글을 장황하게 올렸다. 그러자 물리 만점자 학부모들이 그 문제에는 하자가 없다고 댓글을 올렸다. 만점자 학부모들이 조직적으로 대응하자 학부모 게시판에서는 그 문제가 더 이상 달아오르지 않았다. 오히려 점점 형세가 불리해지고 있었다. 이건 전혀 뜻밖이었다.

갑작스러운 서민정 선생님 사직도 불리하게 작용했다. 서민정 선생님이 사직서를 내자 학교가 동요했다. 국·영·수 중 하나인 국어는 아주 중요한 과목이다. 학기 중에 이런 일이 일어나면, 그 피해는 고스란히 학생들에게 돌아간다. 서민정 선생님이 무책임하다고 비난하는 학부모도 있지만, 무작정 민원을 제기하여 국어 선생님을 곤란하게 만든 당사자를 비판하는 분위기가 급속히 확산되었다.

게다가 민원을 제기당한 정진이 자퇴하겠다고 했다. 정진은 도저히 시안이랑 얼굴을 보면서 학교에 다닐 자신이 없다는 장황한 글을 학년 게시판에다 남겼다. 같은 교실에 앉아 있는 친구들 얼굴을 떠올리면 무섭다는 말까지 했다.

그러니 시안이가 제기한 민원은 아무런 의미가 없게 되었다.

엄청난 상처만 안고 끝나게 된 것이다. 현숙도 그렇게 될까 봐 불안했다. 만약 아무런 성과도 없이 끝이 난다면, 채니는 정상적으로 학교생활을 할 수 없을 수도 있다. 현숙은 입술을 꽉 깨물었다.

"그래서 어떻게 했으면 좋겠어요?"

"대중은 항상 분위기에 따라 심하게 변합니다. 그니까 이제 학부모들 분위기에 기댈 수는 없을 것 같고요. 진짜 학문적으로 접근해야 할 것 같습니다."

"그게 무슨 말입니까?"

"시험 문제에 대한 민원을 제기했는데 그것이 해결되지 않을 때 어떻게 하냐면요, 해당 교과 전문가를 모셔다가 객관적으로 시험 문제에 대한 하자가 있는지 없는지를 최종 판단합니다. 여기서 전문가라고 하면, 대학교수를 의미합니다. 그러니까 이제 그렇게 해야 한다는 뜻입니다."

"결국 소진우 박사님 도움을 받아야 한다는 뜻이군요?"

원장님은 한동안 대답하지 않다가, 조금 늦게 고개를 끄덕였다.

"이 문제만 잘 해결해 주면 채니는 제가 책임지겠습니다. 진심입니다."

현숙은 알았다고 대답했다. 다른 때 같았으면 고맙다고 고개를 몇 번이나 숙였을 것이다. 지금은 원장님에 대한 신뢰가 상당히 무너져 버린 상태였다. 그래도 이 사람이랑 같이 가야 한다. 다른 학원을 선택할 수도 있지만, 채니가 바라지 않는다. 현숙은 다시 한번 알았다고 대답하고는 몸을 일으켰다.

현숙은 괜히 비장해졌다. 숨을 쉴 때도, 누군가를 쳐다볼 때도, 걸음을 걸을 때도, 모든 행동 하나하나가.

일단 남편 오 교수하고 통화했다. 오 교수는 가만히 이야기를 듣다가 학원 원장님을 너무 믿은 게 잘못이라고 현숙을 질책했다. 화가 나도 참아야 했다. 현숙은 오 교수에게 소 박사를 다시 만나게 해 달라고 부탁했다. 오 교수는 알았다고 해 놓고는 그날 저녁이 깊어가도록 연락이 없었다. 집에 온 오 교수는 몇 번이나 소 박사한테 연락했으나 통화가 되지 않았다고 했다. 현숙은 화가 났다.

"아니, 통화가 되지 않으면 찾아가든가 해야지요. 이제 급하다고 했잖아요? 오래 끌수록 채니만 힘들어지고……."

그 말에 오 교수도 버럭 화를 냈다.

"나도 정해진 일정이 있고, 소 박사도 그럴 텐데 무작정 찾아간다는 것이 말이 돼!"

"잠깐 만나서 부탁만 하면 되는걸……."

"이게 무슨 애들 장난도 아니고, 어떻게 그게 가능하냐고? 자꾸 말도 안 되는 소리하지 마!"

오늘따라 오 교수 목소리가 심상치 않았다.

"나도 오늘 학부생 한 놈 때문에 종일 힘들었는데……. 내가 편하게 놀면서 사는 사람인가? 소 박사도 그런 사람이야? 왜 이렇게 막무가내⋯⋯."

이러다간 또 싸우겠다. 현숙은 입술을 깨물었다가 풀면서 다시 한숨을 내쉬고는, 소 박사 전화번호를 달라고 했다. 직접 나서야겠다. 왜 그 생각을 못 했을까. 현숙은 뒤늦게 자신을 타박한다. 굳이 오 교수를 통해서 부탁할 이유가 없다.

10시가 넘었다. 그래도 현숙은 소 박사한테 전화를 걸었다. 사사로운 결례를 하는 것은 어쩔 수 없다. 현숙은 현재 상황이 아주 급박하다고 판단했다. 그렇다면 못 할 게 없다.

놀랍게도 전화를 걸자 소 박사는 현숙임을 알고 있었다. 소 박사 핸드폰에 현숙의 전화번호가 입력되어 있다는 뜻이다. 현숙은 그게 놀라우면서도 고마웠다. 밤늦게 전화하게 된 상황을 설명하면서 죄송하다는 말을 열 번도 넘게 되풀이했다.

"괜찮습니다, 괜찮습니다⋯⋯. 허허허."

소 박사가 괜찮다는 말을 연달아 뱉었지만, 약간 불편해하는 느낌을 현숙은 감지했다. 물리 시험에 대한 민원을 제기하고 나서 지금까지 상황을 들려주자, 소 박사는 더욱 불편해 하는 것 같았다. 얼마 전에 만났을 때 자신 있게 말하던 목소리가 아니다. 오히려 눈으로 보지 않고 귀로만 들으니까 소 박사 표정이 더 잘 보이는 것 같다.

"제가 그날 집에 와서 그 물리 문제를 꼼꼼하게 검토해 봤는데요, 일단 큰 하자는 없는 것 같았어요. 시험 문제로는 하자가 없다는 뜻입니다."

순간 현숙은 몸이 흐물흐물 녹아내리는 기분이다. 아니, 그렇다면……. 순간 채니가 떠오른다. 만약 그렇게 된다면, 채니가 아무렇지도 않은 듯 학교에 다닐 수 있을까. 걱정이 들었다.

"박사님, 그때는 분명 5번도 공동 정답으로 생각할 수 있다고 하셨잖아요?"

"예, 그때는 그렇게 말했지요. 그건 제가 자세히 보지 않아서 그런 거고요. 일단 시험 문제만 보면 하자가 없다는 말입니다."

"그렇군요. 그럼 우리가 할 수 있는 건 이제 없다는 뜻인가요?"

현숙은 어떤 간절한 마음으로 그렇게 말해 놓고는 다시금 입술이 터지도록 깨물었다.

"뭐 방법이 전혀 없는 건 아니고요. 좀 더 편하고 쉽게 해결하려면……. 그냥 SNS에 터트리세요. 학교가 시끌시끌하다. 시험 문제가 너무 엉터리라서 민원이 계속 발생하고 있다. 그런 식으로 약간 과장하면 됩니다. 그렇게 SNS에 올리면, 그게 퍼져서 재단 이사장님이 서둘러 해결할 겁니다. 아무리 심지가 굳은 교사라고 해도 사회적인 권력을 가진 사람들을 이기지는 못합니다. 재단에서는 학교 문제가 자꾸 덧나는 걸 원치 않을 테니까요."

소 박사한테 그런 꼼수가 나오다니! 현숙은 은연중에 헛웃음이 나왔다. 뜻밖이다. 사실 현숙이 그런 생각을 하지 않은 게 아니다. 몇몇 학부모들이 알려 준 방법 중 하나다. 현숙은 학부모들 앞에서 단호하게 고개를 흔들었다. 저는 당당하게 이 문제를 해결할 겁니다, 하고. 현숙은 소 박사한테도 그렇게 말했다.

"정정당당하게, 원칙대로, 그렇게 해결하고 싶습니다. 그래서 묻는 겁니다. 우리가 민원을 제기한 그 문제가 진짜 아무런 하자가 없나요? 5번을 공동 정답으로 인정할 만한 꼬투리가 조금도 없나요? 솔직하게 말씀해 주십시오."

그렇게 말해 놓고도 현숙은 다시 입술을 깨물었다.

"아니아니, 그렇지는 않습니다. 시험 문제라는 틀 안에서는 하자가 없지만, 이 문제를 확대 해석해서 생각하면 달라집니다. 그때부터는 학문적인 문제를 제기하는 거지요? 그럼 5번을 공동 정답으로 볼 수도 있습니다."

"아하, 그렇군요. 그렇게 도와주실 수 있나요?"

소 박사는 잘 알아들을 수 없는 혼잣말을 읊조렸다. 그렇다는 것은, 소 박사가 이런 상황을 많이 불편하게 받아들이고 있다는 뜻이다. 현숙은 소 박사 말을 기다렸다.

소 박사는 솔직하고 현명한 사람이었다.

"도와줄 수는 있습니다만, 오 교수 친구로서가 아니라 정식으로 어떤 절차를 거쳐야 할 것 같습니다. 그래야 나중에 잡음이 발생하지 않습니다. 학교 측에 정식으로 이의 조정 신청을 하십시오. 지금 학생 측과 선생님 측이 시험 문제를 놓고 팽팽하게 맞서고 있습니다. 이럴 때는 제3의 전문가들이 참여해 그 갈등을 조정

합니다. 그 조정 위원으로 제가 참여하게 해 달라는 뜻입니다."

현숙은 알았다고 하고는 전화를 끊었다. 맞다. 소 박사가 조금도 부담이 되지 않게 자리를 마련해 준 다음 도움을 받아야 한다. 공개적으로 도움을 받아야 한다. 현숙은 그런 생각을 하였다.

이것이 마지막 승부수다. 그리고 반드시 이겨야 한다. 현숙은 밤새 잠을 설쳤다.

아침에 채니가 학교에 가자마자 김민식 선생님에게 전화를 걸었다. 처음에는 교장이나 교감 선생님을 떠올렸다가 이내 고개를 흔들었다. 자꾸 윗선을 자극해서 문제를 해결하려고 하지 말고, 당사자를 만나서 문제를 풀어야 한다는 생각이었다. 아직까지도 당사자를 만나지 않았다는 것 자체가 아쉽기도 했다.

김민식 선생님은 운전 중이지만 통화가 괜찮다고 했다. 한번 만나 뵙고 싶었다는 말도 했다. 1교시가 비어 있어서, 그때 오시면 좋겠다는 말도 했다.

현숙은 즉시 학교로 출발했다. 김민식 선생님이 주차장까지 마중 나왔다. 그는 남편만큼이나 키가 크고 깡마른 사람이었다. 얼핏 남편과 이미지가 비슷했다. 그런 인상이 편하면서도 답답했다. 현숙은 그를 따라 3층 상담실로 갔다.

김민식 선생님이 보이차와 쿠키를 가져왔다. 선생님은 현숙을 보면서도 자꾸만 먼 허공을 쳐다보았다. 뭔가를 초월한 듯하면서도, 또 뭔가 단단한 것을 품고 있는 것 같기도 했다.

158

현숙이 먼저 이야기를 시작했다. 처음에는 홍웅주 원장님을 비롯하여 여러 전문가들에게 객관적으로 시험 문제에 대한 자문을 구했다는 말도 했다. 시험 문제에 하자가 없다고 하는 사람도 있지만, 5번도 공동 정답으로 인정되어야 한다고 말하는 전문가도 있다는 말을 힘주어 뱉었다. 김민식 선생님은 그 말을 부정하지 않았다. 중간에서 말을 끊지도 않았다. 현숙이 말을 충분히 할 때까지 기다렸다가 말했다. 가벼운 듯하면서도 무거운 말이었다.

"진심으로 제가 살아온 모든 걸 걸고 말씀드리겠습니다. 그 시험 문제에는 하자가 없습니다. 다만 제가 가르치는 학생을 납득시키지 못한 것이 부끄러울 따름입니다."

역시 예상한 그대로였다. 현숙은 소 박사를 떠올렸다.

"그럼 제가 정식으로 이 문제에 대해서…… 조정 위원회 신청을 해도 되겠습니까? 외부 전문가를 모시고."

김민식 선생님은 현숙의 말이 끝날 때까지 기다렸다가 말했다.

"그렇게 하십시오. 저도 학교에다 그렇게 보고하겠습니다."

김민식 선생님은 너무도 당당했다. 그런 당당함이 조금은 불쾌했다. 현숙은 소 박사를 아냐고 물었다. 김민식 선생님은 아무런 대답을 하지 않았다. 현숙은 그분을 심의 조정자로 모시고 싶다고 했다. 그러면서 선생님도 원하는 분이 계시면 모시라고 했다. 그건 소 박사가 한 말이었다. 학교 측에서 원하는 전문가도 와야 뒷말이 없고 공평하다는 뜻이다. 보통 홀수로 심의 조정 위원회가 만들어지니까, 적어도 세 명이나 다섯 명이 될 것이다. 소 박사는 현숙이 원하지 않는 결과가 나올 수도 있다는 말도 했다. 최선을 다하겠지만 그것까지는 어찌할 수 없다는 뜻이었다. 현숙은 충분히 알았다고 했다.

"그러니까 나머지 분들은 학교에서 선임하여 조정 위원회를 열었으면 합니다. 그렇게 해서 빨리 이 문제를 정리했으면 좋겠습니다. 저희는 그 결과에 따르겠습니다."

이번에도 김민식 선생님은 망설임 없이 대답했다.

"예, 좋습니다. 그렇게 하겠습니다. 저도 소 박사님을 잘 입니다. 물론 개인적으로 안다는 뜻입니다. 그분이 쓰신 책은 거의 다 읽었으니까요. 제가 존경하는 물리학자거든요. 그래서, 이런 생각도 듭니다. 심의 조정 위원회가 열리기 전에 그분을 만나 뵙고 싶습니다. 그분이 제가 낸 시험 문제에 대해서 어떻게 생각하시는지 듣고 싶습니다. 그리고 그분이, 문제에 하자가 있다고 하신다면, 제가 그 말을 듣고 옳다고 생각이 된다면……. 깨끗이 인정하겠습니다. 그렇게 한번 말씀해 주십시오."

김민식 선생님은 소 박사하고 단둘이서 결판을 내겠다는 뜻이었다. 그건 뜻밖이었다. 학교 측에서 섭외한 전문가와 같이 만나면 아무래도 김민식 선생님이 더 유리할 것이다. 심의 조정 위원이 세 명이라면 두 명을 학교 측이 섭외할 수 있으니까. 그런데도 굳이 소 박사와 단둘이 만나자고 하는 그 눈빛을 보자 경건함마

저 느껴졌다.

현숙은 입으로 가던 손을 가까스로 막아 내면서 고개를 끄덕였다. 그래도 입술을 꽉 깨무는 것은 어찌할 수 없었다.

김민식 선생님은 그런 현숙을 보고는 다시 허탈하게 웃었다.

"그래도 전, 그런 방법이 옳다는 생각은 안 듭니다. 왜냐면 이건 학교에서 발생한 것이고, 학생이랑 제가 풀어야 합니다. 학생과 선생이 아직 그 문제를 해결하지는 못했지만, 살다 보면 시간이 길어질 수도 있는 거지요. 그런데 문제가 풀리지 않는다고 외부 전문가를 끌어들이고 있잖아요? 결국 문제 해결의 길을 막아버리고 있잖아요? 특히 학원 선생님까지……. 그건 아니라고 봅니다."

"그건 죄송하게 생각합니다. 정말 제가 정중하게 사과드리겠습니다."

김민식 선생님은 한동안 먼 허공을 바라다보다가 다시 입을 열었다.

"조금 전에 제가 말씀 드린 것이 맞다는 생각이 듭니다. 전 심의 조정 위원회까지 이 문제를 끌고 가지 않겠습니다. 소 박사님을 뵙고, 결정하겠습니다. 전 외부 전문가를 모시지 않겠습니다."

뭐지? 자신감인가? 현숙은 두렵고 소름이 돋았다. 그럴수록 입술을 꽉 깨물고 냉정해졌다. 아무리 자신감이 있어도, 소 박사를 이길 수는 없을 것이다. 이 사회에서는 힘센 자가 이긴다. 그 어떤

경우에도 평교사가 대학교수를 이긴 적이 없다. 숱한 교육감 선
거에서 이미 확인되지 않았던가. 아무리 사회적으로 유명한 교사
라고 해도, 무명의 대학교수를 이긴 적이 없다. 이 나라에서는 대
학교수가 의사급의 권력을 갖고 있다. 현숙은 그 힘을 믿는다.

*

하루하루가 답답하고 더디게 흘러간다. 살아가면서, 나이가 들
어가면서 시간의 흐름이 더디게 느껴지는 것도 처음이다. 마치
시간이 도로에 꽉 막혀서 움직이지 못하는 차들 같다.
　민식은 그런 이야기를 박미선 선생님에게 하소연하듯 했다.
　박미선 선생님은 웃었다. 얼마 전에 할머니 소리를 들었으니까,
이제 나이가 들 만큼 들었다. 그만큼 얻은 것도 많지만 잃어버린
것도 많은 나이다. 오랜만에 그녀의 얼굴에서는 이십 대 같은 웃
음이 떠오른다.
　"민식 샘, 그래도 시간이 더디게 흐른다는 건 좋은 일 아닙니
까?"
　"그럴지도 모르지요."
　"암튼 어제 오채니 어머니 만나셨다고요?"
　민식은 상대가 다 아는 이야기지만, 다시금 채니 어머니랑 만
난 것을 자세히 들려주었다.

"결국 민식 샘이 가장 존경하는 학자랑 담판을 짓겠다는 뜻이군요?"

민식은 대꾸하지 않았다. 담판이라니? 그게 적절한 표현일까? 모르겠다. 분명한 것은 민식이 소진우 박사를 학자로서 존경한다는 사실이다. 소 박사는 우리나라 과학자들하고 결이 다르다. 과학자이면서도 철학적인 사유가 깊다. 그의 글은 단순하게 과학적인 지식을 들려주는 다른 학자들의 글과는 다르다. 이 세상 근원에 대한 탐색이 밑바탕에 깊게 깔려 있다. 그래서 철학서처럼 읽힐 때도 있고, 문학 작품처럼 읽힐 때도 있다. 민식은 그를 제2의 칼 세이건이라고 생각해 왔다.

그런 분하고 이런 막다른 골목에서 마주칠 줄은 꿈에도 몰랐다. 어쨌거나 그분하고의 인연을 받아들이고 싶다. 그것이 악연일지라도 피하고 싶지 않다. 민원이 제기된 그 문제를 어떻게 바라보는지 듣고 싶다. 시험 문제라는 틀 안에서는 어떻게 생각하시는지, 시험 문제 밖에서는 어떻게 생각하시는지. 그러면 어느 정도 결론이 보일 것이다. 민식은 그런 생각을 했을 뿐이다. 그러니까 담판이라는 말은 어울리지 않는다.

1학년 교무실에는 민식과 박미선 선생님만 남아 있다.

과학탐구 교과 선생님들이랑 회의를 마쳤을 때는 8시가 넘은 상태였다. 당연히 교무실에는 아무도 없을 줄 알았다. 민식은 그래서 놀랐다. 더구나 박미선 선생님이 일부러 기다리고 있었다는 사실을 알았을 때는 더 놀랍고 고마웠다.

민식은 밖에 나가서 식사라도 같이 하자고 말하면서 가방을 정리했다.

박미선 선생님은 책상 위에 있는 다육 식물에게 물을 주면서 낮게 읊조렸다.

"아까 다해 샘한테 대충 이야기를 들었어요. 그 말 듣고, 이건 아니다 싶어서 일부러 민식 샘 기다렸어요. 민식 샘, 그렇게 하면 안 돼요. 기왕지사 여기까지 왔으니, 채니 어머니가 원하는 대로 하세요. 민식 샘도 아는 교수님들을 섭외하고, 그래서 조정 위원회를 통해 해결하는 게 가장 좋은 방법입니다."

민식은 이미 학년 부장 선다해 선생님에게 모든 상황을 다 말했다. 당연히 교장 선생님한테도 보고가 되었지만, 아직까지는 별다른 연락이 오지 않았다.

교장 선생님도 어떻게 최종 마무리를 짓는 게 옳은지 갈피를 잡지 못하고 있는 것 같았다. 다만 2학년 국어 선생님처럼 갑자기 민식이 이탈하는 것만은 막으려고 할 것이다. 어쨌거나 지금은 학기 중이고, 한꺼번에 교사 두 명이 이탈하게 되면 학부모 반발도 심해질 게 뻔하다.

민식은 팔짱을 낀 채 자기 책상 앞을 서너 걸음 걷다 말했다.

"미선 샘, 걱정 마세요."

"민식 샘, 제가 샘을 믿지 못해서 이러는 거 아닙니다. 아시잖아요? 저는 소 박사에 대해서는 잘 모르지만, 어쨌든 그분은 한국 최고의 대학교수잖아요? 그분 못 당합니다. 그런 분이 민식 샘 말을 들으실 리도 없고요. 그러지 말고 민식 샘이 아는 물리학과 교수들을 만나서 심의 조정 위원회를 열어야 해요. 이건 동료 교사로서, 민식 샘을 존경하는 친구로서 부탁드리는 겁니다."

민식은 웃었다. 애쓰지 않아도 편안하게 웃을 수 있었다.

"압니다만, 그러고 싶지 않습니다. 만약 심의 조정 위원회를 연다면, 그건 진실을 가리는 게 아니라 그냥 게임입니다. 누가 자기편을 더 많이 가지고 있는가? 그런 거죠. 그걸 알면서도 소 박사님이 그렇게 제안하셨어요. 당신은 혼자 오겠다, 나머지 교수들은 맘대로 섭외해라. 그만큼 당당하시다는 거죠? 저는 그에 놀랐고, 역시 그분답다는 생각이 들었어요. 그래서 그분 이야기를 듣겠다는 겁니다."

민식은 자기 판단이 틀렸을 수도 있다고 고개를 끄덕였다. 박미선 선생님 말처럼 소 박사 작전에 속았을지도 모른다. 그래도 상관없다. 민식은 재차 다짐해 본다.

박미선 선생님은 계속 안 된다고 말렸다. 세상사, 살아가는 길은 게임이다. 그렇지 않은가. 교사 집단만 해도 그렇다. 이 안에서 누군가는 교감도 되고, 교장도 되고, 나중에 장학사도 된다. 학생들도 마찬가지다. 누군가는 의대에 가고, 누군가는 대학에 가지 못한다. 모든 결과가 게임처럼 각자 과정을 거쳐서 나타난다.

"민식 샘, 저는 이번 문제의 본질도 게임이라고 생각해요. 애초부터 민원을 제기한 학생 측은 그것을 학교에서 해결하려고 하지 않았고, 계속 학부모들을 동원해서 여론으로 압박했잖아요? 그러다가 여론이 불리해지자 돌연 다른 작전으로 방향을 튼 거죠."

"압니다. 그래도 전 그렇게 하고 싶지 않아요."

"이러다가 민식 샘마저……."

박미선 선생님은 최악의 상황을 차마 내뱉을 수 없었다. 만약 소 박사를 통해 시험 문제에 하자가 있다는 식으로 알려지게 되면, 학부모들은 다시 민식과 학교를 맹렬하게 공격할 것이다. 그러면 민식도 견디지 못할 것이다.

박미선 선생님은 불길한 예감이 들 때마다 한숨을 내뱉었다.

민식은 먼저 교무실을 나와 복도에서 박미선 선생님을 기다려주었다.

"히히히, 저는 지지 않습니다. 저는 이게 싸움이라고 생각하지 않으니까요. 그냥 진실을 가려내는 일입니다. 저도 설렙니다. 제가 가장 존경하는 분이, 과연 그 문제를 뭐라고 하실지? 솔직히 제가 신하고 소통한다면, 아인슈타인을 불러내고 싶어요. 그에게 묻고 싶어요. 이 시험 문제에 대해서……."

아인슈타인 이야기까지 꺼낸 것은 농담이면서도 진심이었다.

주차장으로 나오자 선다해 선생님한테서 전화가 왔다. 과학탐구 교과 선생님들하고 회의가 끝났다는 소식을 들었다고 하면서,

학교 근처에 있는 음식점으로 와 달라는 말이었다.

민식은 박미선 선생님에게 같이 가자고 했다.

박미선 선생님은 잠깐 생각에 잠겼다가 고개를 흔들었다. 오히려 자기가 있으면 더 불편해질 것이라고 하면서 돌아섰다.

선다해 선생님이 기다리는 곳은 한식집이었다. 민식이 카운터 앞으로 가자마자 사장이 알아보고는 목련실로 안내했다. 미닫이문을 열자마자 교장, 교감 선생님이 보였다. 민식은 선다해 선생님 옆에 앉았다.

바로 앞에는 교장 선생님이 앉아 있다. 작년까지만 해도 민머리라 늘 중절모자를 쓰고 다녔다. 이제는 잘 기움질된 가발이 완벽하게 민머리를 가려 주었다. 적어도 10년은, 아니 그 이상 젊어 보였다. 오히려 그 옆에 있는 교감 선생님이 더 나이 들어 보였다. 지나치게 짙은 화장 때문인지도 모른다.

"요즘 김민식 선생님이 고생 많습니다. 벌써 이런 자리를 가졌어야 하는데, 뭐가 그리도 바쁜지……. 자, 자, 일단 드십시다."

음식이 나오기 시작했다. 민식은 배가 고팠고, 아주 잘 먹었다. 교장 선생님은 그런 민식을 흐뭇하게 바라다보았다.

주문해 둔 음식이 다 나오고 나서야 교장 선생님이 본론을 꺼냈다.

"참 세상이 변하긴 많이 변했습니다. 예전 같으면 상상조차 할 수 없는 일이죠. 어떻게 시험 문제에 학생이 민원을 제기합니까?

더구나 친구 성적까지 들먹이면서, 큰따옴표 하나 안 썼다고, 그걸 틀리게 해 달라는 민원까지 왔으니……. 학교의 바닥을 보여주는 것 같습니다. 이게 다 우리 어른들이 그렇게 만든 거지요. 우리 교사들이야 아무런 힘이 없지만, 진짜 이번 일을 보면서 선생으로서 참담함을 금할 수 없습니다."

한마디 한마디가 낮으면서도 또렷했다. 좁은 공간이라 더 또렷하게 들리는지도 모른다. 교장 선생님은 옆에 있는 교감 선생님과 눈을 마주치면서 말했다.

"저번에 2학년 국어 담당 서민징 선생님이랑 이야기할 때도 그랬습니다. 서민정 선생님이 겉으로는 강해 보여도 속은 여리더라고요. 그 누구보다 교사에 대한 열정이 강한 분이고요. 근데 도저히 받아들일 수 없다고, 우시더라고요. 그러고는 다시 교단에 설 자신이 없다고 하시는데……."

옆에 교감 선생님이 한숨을 내쉬면서 동조했고, 선다해 선생님도 한숨을 내뿜었다.

서민정 선생님이 사직한 뒤로 학교 분위기는 뒤숭숭했다. 마주치는 교사들마다 한숨 타령하는 게 버릇이 되었고, 민식의 미래를 걱정하는 눈빛도 많아졌다. 몇몇 교사는 어떤 일이 있더라도 학교를 떠나서는 안 된다고 했다. 그래야 자신들도 버틸 수 있다면서. 상당수 교사들은 결국 민식도 학교를 떠나게 될 것이라고 어두운 눈빛을 주고받았다. 동료 교사들 사기가 많이 떨어진 것도 사실이다. S여고에 가면 학부모들 기에 눌려 교사들이 단명한다는 소문까지 돌고 있었다.

"어쨌든 서민정 선생님 후임을 뽑는 게 쉽지 않습니다. 몇몇 사람 면접을 봤는데, 그렇다고 아무나 뽑을 수는 없잖습니까? 너구나 재단은 남자 선생님을 원하고 있고요. 그래서 올해는 기간제 선생님을 쓰기로 했습니다. 당연히 학부모들이 반발하고 있습니다만⋯⋯."

교장 선생님은 민식을 보면서 말꼬리를 흐렸다. 더 말하지 않아도 무슨 말을 하려는지 민식은 알 수 있었다.

선다해 선생님은 참참하게 민식을 바라다보고 있었다. 요즘은 자기 자신의 마음을 알 수가 없다. 그만큼 혼란스럽다. 이 문제가 터질 때만 해도 선다해 선생님은 어떤 식으로든 민식이 타격을 입어서 사라지기를 바랐다. 서민정 선생님이 사직서를 던질 때까지만 해도 그녀는 자기 생각대로 흘러간다고 믿었다. 여론은 이길 수 없다. 이제 학부모들이 민식에게 돌을 던질 차례라고 예측했는데, 물리 만점을 맞은 학생 학부모들을 중심으로 민식을 옹호하는 글이 게시판에 올라오자 상황은 금방 달라졌다. 예상보다 5번을 정답이라고 표기한 학생이 많지 않다는 뜻이기도 했다.

2학년 학부모 여론도 달라졌다. 거의 모든 여론이 큰따옴표를 쓰지 않은 학생 점수를 깎아야 한다고 모아진 것이 사실이다. 그런데 서민정 선생님이 그걸 인정하지 않았고, 자결하듯이 사직서를 던졌다. 학부모들은 당황했다. 갑작스러운 국어 선생님의 사직으로 가장 피해를 본 것은, 공교롭게도 학생들이기 때문이다. 그때부터 여론이 달라진 것이다. 자신들이 너무 심했고, 선생님 뜻을 존중해 주었어야 한다는 글이 게시판에 올라왔다.

교장 선생님은 선다해 선생님한테 그런 말을 은근히 강조했다.

"이런 말씀 드리기가 좀 그렇지만, 결국 서민정 선생님 사직으로 지금 2학년뿐만 아니라 1학년 학부모 분위기도 달라졌습니다. 그러니 김민식 선생님도 힘을 내시고, 선다해 선생님이랑 잘 의논하시어 이 문제를 잘 해결하십시오. 분명히 말씀드리지만, 서민정 선생님 같은 극단적인 생각은 절대 안 됩니다. 이것은 이사장님이 하신 말씀입니다. 아시겠죠?"

교감 선생님도 비슷한 말을 덧붙였다. 그러니 선다해 선생님은 이 자리가 편할 리가 없었다. 만약 이 문제가 원하는 대로 해결되지 않아서 민식이 학교를 떠나게 된다면, 그 일부 책임이 선다해 선생님한테도 돌아올 수밖에 없는 상황이었다. 그녀는 내일 다시 민식을 만나서 이 문제를 이야기해야겠다고 마음속으로 정리했다. 지금은 민식이 필요하기 때문이다.

교장 선생님도 하고 싶은 말이 많았다. 학교에 있는 교사들 중에서 민식을 가장 아낀다는 말도 하고 싶었다. 그건 둘이 있을 때만 할 수 있는 말이었다. 차기 교감 후보로 생각 중이라는 말도 마찬가지였다. 물론 민식의 생각이 다르다는 것도 알고 있다. 그래도 사람은 모른다. 막상 그런 자리를 제안 받게 되면 대부분 달라진다. 교장 선생님은 진심으로 민식이 이번 일을 잘 정리해 주기를 바라고 있었다.

교장 선생님은 그런 눈빛으로 말했다.

"김민식 선생님. 제가 교장으로서, 선배 교사로서, 그리고 동료로서 말씀드리는 겁니다. 개별적으로 소진우 박사님을 만나지 마십시오. 심의 조정 위원회를 열도록 합시다. 그럴 경우 교육청에 보고해야 하는 걸로 알고 있습니다. 절차를 거치는 것이 더 유리합니다. 그럴 경우 심의 위원들이 개인적인 의견을 말하기 힘들어지거든요. 전 김민식 선생님을 믿습니다."

"교장 선생님, 감사합니다. 저도 그걸 모르는 건 아닌데, 일단 이 문제를 키우지 않고 조용히 해결해 보려고 그러는 겁니다. 저를 믿어 주시고, 맡겨 주십시오. 저는 아직도, 이 문제를 학교 안에서 해결해야 한다고 생각합니다. 그래서 계속 오채니 학생을 만나려고 하고 있습니다. 오채니 학생이 자꾸 피하고 있습니다. 그래서 오늘은 종일 물리 시간에 시험 문제 풀이를 했습니다."

다른 반에서는 아무 문제가 없었다. 민식은 채니가 민원을 제기한 문제를 놓고, 다른 학생들의 의견을 다양하게 듣고 있었다. 그동안 물리를 좋아하는 학생들을 개인적으로 불러서 물어 보다가 오늘은 수업 시간에 공개적으로 말했다. 일부 학생이 민원을 제기한 문제가 있는데, 어떻게 생각하는지 물었다. 또한 5번을 정답이

라고 표기한 학생이 있으면, 왜 그렇게 생각하는지 소신껏 말해
보라고 하였다. 그 의견에 다른 학생들이 반박하고 싶어 하면 기
회를 주었다. 어떤 반에서는 제법 진지하게 토론이 벌어졌다.

민식은 그 문제를 출제한 배경부터, 그와 유사한 문제까지 알
려 주었다. 그런 다음, 그 문제를 다시 해석해 주고 풀어 주었다.
거의 모든 학생들이 수긍했다.

채니네 반에서는 더욱 신중하게 말했다.

민식은 채니가 공개적으로 그 문제에 대해서 하자가 있다고 말
하기를 바랐다. 왜 5번을 공동 정답이라고 생각하는지, 자기 의견
을 당당하게 말했더라면 훨씬 더 좋았을 것이다. 민식은 그런 분
위기를 유도하려고 애를 썼다.

채니는 끝내 아무런 말을 하지 않았다. 아예 책상에다 얼굴을
대고 엎드려 있다가, 수업 시간이 절반도 지나지 않았을 무렵에
는 배가 아프다고 일어나 버렸다.

그러자 물리 만점자인 은솔이가 손을 들었다.

"샘, 이렇게 하면 안 되잖아요? 하자가 없는데도 하자가 있다
고……. 그럼 앞으로 시험을 어떻게 봐요."

그런 불만이 터지자, 채니가 없는 게 다행이라는 생각이 들었
다. 그래도 민식은 그런 분위기를 더 이상 방조해서는 안 된다고
판단했다.

"아, 그건 은솔이가 걱정할 건 아니야. 그니까 자꾸 본질을 흐트

러트리지 말자."

"샘, 그게 아니고요. 현실이 그렇잖아요? 야, 안 그래? 너희들은 안 그러니?"

은솔이는 볼이 발그스레하게 물들 정도로 흥분한 상태였다. 더이상 말릴 수도 없었다. 다행스럽게도 동조하는 아이가 없었다. 역시 공부만 잘했지 다른 친구들하고 유대감이 없다는 것을 알 수 있었다. 그러니 아무리 호소해 봤자 동조하는 아이가 없었다. 몇몇 아이들은 노골적으로, 5번을 공동 정답으로 인정하든 말든 우리하고 무슨 상관이냐는 투로 빈정거렸다.

미담이가 책상을 손바닥으로 쳤다.

"야, 그딴 소리 하는 거 아냐! 저번에도 말했지만, 채니는 진심으로 그 문제에 대해서 민원을 제기한 거라고. 전 선생님이 비겁하다고 생각합니다. 공개적으로 채니를 망신 주려고 이런 자리를 마련한 것 같은데, 그건 아니잖아요?"

그러자 분위기가 잠잠해졌다. 은솔이는 쟤가 왜 나서지, 하는 눈빛이었다.

민식은 뜨끔했다.

"미담아, 난 채니를 망신 주려고 이러는 게 아냐. 채니랑 만나서도 이 문제에 대해 이야기했지만 납득하지 않았어. 그러니까 난 공개적으로 다른 학생들 생각도 물어본 거야. 과연 어떻게 생각하는지. 그리고 채니한테도 기회를 준 거야. 자기 생각을 말할 수 있는 기회. 난 채니가 당당하다면, 이런 자리에서도 말해야 한다고 생각해."

미담이의 눈빛이 이글거렸다.

"전 그렇게 생각 안 해요. 선생님은 비겁한 겁니다. 겉으로는 그런 이유를 내세우고 있지만, 속으로는 채니를 망신 주려고 하는 거라고요!"

민식은 어이가 없었다. 다시 말하려고 할 때, 은솔이가 나섰다.

"야, 난 미담이 네가 어이없다. 망신이라니? 자기가 생각한 대로, 그 문제의 문제점을 말하면 되는 거 아냐? 근데 뭐가 망신이야? 오히려 아무런 말도 못 하는 채니가 문제인 거지. 안 그래?"

은솔이 말에 주변 아이들이 동조했다. 점점 동조하는 눈빛이 늘어났다. 민식은 서둘러 분위기를 바꿨다.

민식은 그런 이야기를 풀어놓고 있었다. 그 말을 듣고 있던 선생님들은 한숨을 내쉬면서 고개를 끄덕였다.

"저는 끝까지 오채니 학생이랑 대화할 것이며, 이 문제를 학교 안에서 풀어내려고 노력하겠습니다. 비록 소 박사님은 외부인이지만, 그래도 심의 조정 위원으로 만나는 것보다는 이렇게 개인적으로 조용히 만나서 그분 의견을 듣고 제가 판단하는 것이 더 옳다고 생각합니다."

"그런데 그분은 채니 부모님이 모신 분이잖아요? 그렇다면 무슨 말을 하실지 뻔하잖습니까?"

교감 선생님이 연달아 물음표를 던졌고, 교장 선생님은 눈을 감고 있었다. 민식은 웃었다.

"알고 있습니다. 상관없습니다."

교장 선생님은 고개를 끄덕였다.

"알겠습니다. 김민식 선생님을 믿어 보겠습니다."

그러면서 요즘도 학원 선생님이 계속 연락해 오냐고 물었다. 이번에는 선다해 선생님이 대답했다.

"그런 걸로 알고 있습니다. 어젯밤에는 술에 취해서, 그까짓 것 하나 맞는 걸로 해 주면 안 되냐고 애걸했다고 들었습니다……."

오늘 아침에 민식이 선다해 선생님한테 한 말이다.

"아, 절대 학원 선생님은 만나지 마십시오. 김민식 선생님, 아셨죠? 그리고 무슨 일 있으면 빨리 여기 계신 선생님들께 알리시고요……."

교장 선생님은 그 정도로 말을 매듭지었다.

소진우 박사님과
김민식 선생님의 배틀

　카이스트 소진우 박사님과 김민식 선생님이 1:1로 배틀을 뜬다는 소문이 파다하게 퍼졌다. 학부모와 학생들 사이에서는 모르는 사람이 없었다.

　민식은 어처구니가 없었다. 아내한테도 이번 일을 말하지 않았다. 학교 선생님들에게도 소문이 엉뚱하게 덧나지 않도록 해 달라고 부탁했다. 그런데도 소문은 바람보다 더 빠르게 퍼져 나갔다.

　학교에 도착해서 핸드폰을 들여다보니까, 몇몇 학생들한테 메시지가 와 있었다. 민식을 가장 따르던 황민도 긴 문자를 보냈다.

　황민: 샘, 저 황민이에요. 저 오늘부터 학교 안 가요. 어제 부모님이랑 학
　　　교 가서 모든 행정 절차를 다 정리했어요. 담주에 싱가포르로 떠
　　　나거든요. 아빠께서 갑자기 싱가포르로 발령받았어요. 떠나기 전

에 샘은 꼭 뵙고 싶었는데, 어제 너무 바쁘신 것 같아서 그냥 집에 왔어요. 혹시 이번 주에 시간 나면 연락 주세요. 샘이 시험 문제 때문에 힘들어하는 것 보면서 너무 안타까워요. 오늘은 카이스트 소진우 박사님이랑 샘이 만나서, 그 시험 문제에 대해서 담판을 짓는다는 말을 들었어요. 뭐가 뭔지 모르겠지만, 전 늘 샘을 응원해요. 샘, 파이팅!요.

민식은 살포시 눈을 감으면서 황민을 떠올린다. 둘리를 가장 좋아한다는 황민은, 양쪽 볼이 통통해서 둘리랑 비슷한 이미지를 풍겼다. 웃을 때마다 그 소리가 지나치게 커서 약간 푼수처럼 보이는 아이. 눈을 깜박이는 버릇 때문에 두꺼비라는 별명을 가졌다는 아이. 황민은 물리를 좋아하는 학생이다. 녀석은 가끔 문자를 하여, 물리에 대한 책을 소개해 달라고도 했다. 황민은 물리학자가 되고 싶어 했다. 부모님은 의사가 되라고 했다. 황민은 자기 꿈을 포기하지 않겠다고 했다.

민식은 조만간 시간을 내겠다고 했다. 맛있는 것을 사 주겠다는 약속도 했다. 나를 응원해 주어서 고맙다는 말도 했다.

교무실에 들어가자 박미선 선생님이 기다리고 있었다. 그녀는 지금이라도 민식에게 생각을 바꾸라고 했다. 눈빛이 너무나도 비장했다. 민식은 보이차를 끓여서 박미선 선생님에게 주면서 걱정하지 말란 말만 되풀이했다.

교감 선생님이 불렀다. 교감 선생님은 위아래 검정색 정장 차림이다. 어디서 소 박사를 만날 것인지 물었다.

"오후 4시에 상담실에서 뵙기로 했습니다. 도서관이나 시청각실도 생각했지만, 그건 너무 크잖아요? 상담실이 적당한 것 같습니다. 뭐 정식으로 심의 조정 위원회가 열리는 것은 아니니까, 따로 학교에서 신경 쓸 필요는 없을 것 같습니다."

어젯밤에 채니 어머니와 이 문제로 통화했다. 채니 어머니는 소 박사님이 민식하고 만나는 모든 일정을 공식적인 문서로 남겨 두기를 원한다고 했다. 비록 심의 조정 위원회는 아니지만, 그래도 그와 비슷한 성격으로 규정하고 공식적인 일정으로 남겨 달라는 부탁을 했다는 것이다. 그래야 나중에 잡음이 없다는 뜻이다.

민식은 충분히 이해한다고 했고, 원하는 대로 다 들어주겠다고 했다. 원하신다면 동영상 촬영도 하겠다고도 했다. 채니 어머니가 그렇게까지는 하지 않아도 될 것이라고 했다. 다만 소 박사 학교 방문은 교장 선생님이 허락한 공식적인 일정이어야 한다는 것을 분명히 밝혔다.

민식은 차분하게 말했다. 교감 선생님은 이미 통보를 받았다고 했으며, 심지어 소 박사한테 줄 수고비까지 책정해 놓았다고 했다.

"돈을 드려야, 수고비를 드려야만 공식적인 일이 됩니다. 당연히 그렇게 해야 하고요. 우리나라 최고 물리학자가 학교를 방문하시는데, 우리가 할 수 있는 건 다 해야지요. 그럼 그 자리에 누구누구 참석합니까?"

민식은 이 문제에 대해서 깊이 생각하지 않았다. 소 박사하고 만남이 중요한 것이지, 누구누구 참석하는 게 뭐가 중요할까? 그런데 채니 어머니는 생각이 달랐다. 워낙 중요한 자리다 보니, 학교 측과 학부모 측이 공평하게 참석해야 한다고 말했다. 순간 민식은 멍했다. 애초에는 소 박사하고 단둘이 만난다고 생각했다. 민식은 머리를 툭 쳤다. 자신이 순진한 건지, 뭘 모르는 건지 모르겠다. 민식은 채니 어머니한테 어떻게 하시고 싶느냐고 물었다. 채니 어머니는 소 박사와 학원 선생님 홍웅주, 그리고 당신이 참석하겠다고 했다.

"물론 저희들은 그 자리에 참석만 하지 아무런 말도 하지 않을 겁니다. 재판할 때 방청석에 앉아 있듯이 그렇게 할 겁니다. 소 박사님도 그렇게 하는 게 좋다고 하셨습니다."

민식은 그렇게 하시라고 대뜸 말했다가 얼른 수정했다.

"아, 학원 선생님은 안 됩니다. 아마 학교에서도 허락하지 않을 겁니다. 대신 채니를 데리고 오십시오. 그게 옳지 않겠습니까? 채니가 혼자 오는 게 부담스럽다면 친구들이랑 같이 와도 됩니다. 장소는 상담실인데, 소 박사님이랑 제가 앉을 자리만 앞쪽에다 놓고요. 그 뒤쪽에 앉아 있을 자리를 배치하겠습니다."

채니 어머니는 그렇게 하는 게 좋겠다고 말했다가, 다시금 학원 선생님 이야기를 끄집어냈다. 그분이 꼭 참여하고 싶어 하시는데, 조용히 뒷자리에 앉아 있으면 안 되겠냐고 물었다.

민식은 단호하게 안 된다고 말했다. 채니 어머니는 집요하게 학원 선생님을 참석하게 해 달라고 부탁했다. 민식이 전화를 끊겠다고 하자 그제야 물러섰다.

민식은 그 이야기도 교감 선생님에게 하였다. 교감 선생님은 학원 선생님을 단호하게 막은 건 참 잘한 일이라고 했다. 그러면서 사교육 선생님이 오지랖 넓게 학교 일에 간섭한다고 한동안 비난했다.

교감 선생님은 교장 선생님을 대신하여 당신이 그 자리에 들어가겠다고 말했다. 민식은 거절할 힘이 없었다.

민식은 학생들을 참여시키고 싶었다. 원하는 학생들, 그 문제에 대해서 의구심을 갖는 학생들, 물리에 대해서 관심이 있는 학생들이라면 다 오도록 배려해 주고 싶었다.

민식은 냉정해지려고 애를 썼다. 어쩌면 오늘 교사로서, 혹은 물리학자로서 무능한 모습을 폭로당할지도 모른다. 민식은 그런 각오를 하고 있었다. 이기느냐 지느냐, 그런 문제가 아니다. 그 시험 문제를 통해서, 자신이 모르는 어떤 진실이 드러날 경우, 민식은 참혹하지만 기쁘게 추락할 것이다. 그런 추락을 기꺼이 받아들일 것이다. 그렇다면 학생들에게 감출 이유가 없다. 설령 감추려고 한다고 해도, 소문이라는 무시무시한 놈이 내일 아침이면 모든 학생들 귀에다 전달해 줄 것이다.

민식은 그런 뜻을 교감 선생님에게 전달했다. 교감 선생님은 은연중에 머리를 흔들었다. 눈썹이 파르르 떨렸다.

"안 됩니다. 학생들을 참석시키다니요? 그러다가 만약에…….."

민식은 웃었다.

"괜찮습니다. 제가 모르는 진실이 드러나서, 시험 문제에 하자가 있었다는 사실이 드러난다고 해도 괜찮습니다. 어차피 감출 수 있는 게 아니잖아요? 저는 최선을 다할 것이고, 그런 과정을 학생들에게 보여 주고 싶습니다. 그게 제 마지막 자존심입니다."

교감 선생님이 상체를 앞으로 숙였다.

"그럼 과탐 선생님들도 다 참석합니까?"

"글쎄요. 굳이 그럴 필요가 있을까요?"

"아니요, 아니요! 그래도 과탐 선생님들은 다 참석하셔야지요."

"예, 그럼 그렇게 하십시오."

민식이 교감실을 나오자 선다해 선생님이 기다리고 있었다. 선다해 선생님도 참석하겠다고 하였다. 1학년 담임을 맡은 선생님들이 다 참석하기로 결의했다는 것이다.

복도에서 만나는 선생님들이 민식에게 묘한 눈빛을 보냈다. 그런 눈빛이 너무 부담스러웠다. 마치 자신이 십자가라도 짊어지고 가는 것 같았다.

어쨌든 일은 점점 커지고 있었다. 각 반 반장을 불러서 그 자리에 참석하고 싶은 학생들 명단을 알아봐 달라고 했더니, 예상보다 많은 학생들이 참석하겠다고 했다.

"아니, 무슨 노래 경연 대회도 아니고! 이것들이 평소에는 물리 시간만 되면 졸더니……."

민식은 선다해 선생님 앞에서 그렇게 말을 하고는 장소를 바꿔 야겠다고 말했다. 선다해 선생님은 시청각실로 장소를 변경한다 고 했다. 소 박사랑 민식은 단상에 놓여 있는 의자에서 마주 보며 이야기하고, 그 시험 문제를 PPT로 띄워 놓고 토론을 하면 된다 는 것이다. 시청각실은 1학년 전체가 들어와도 좌석이 남는다. 그 러니까 원하는 사람은 다 와서 볼 수 있다.

점심때가 되자 긴장이 되는지, 민식은 밥맛을 느낄 수 없었다.

몇몇 학생들이 큰 소리로 민식을 응원했다.

"소진우 박사님이 아무리 유명한 분이라고 해도, 물리 샘이 절 대 지지 않을 거라고 확신합니다!"

"이건 학교 자존심이 걸린 거라고요! 샘을 믿습니다!"

"민식 샘 파이팅!"

"아이구, 고맙다!"

민식은 애써 웃으려고 했다. 그만큼 몸이 경직되고 있었다.

오랜만에 청심환을 먹었다. 맨 처음 이 학교에 왔을 때는, 운동 장에서 조회를 하였다. 월요일 애국 조회 시간이었다. 민식이 전 교생 앞에 공식적으로 얼굴을 내미는 순간이었다. 그때 민식은 구령대 옆에서 서성이다가 슬그머니 뒤로 돌아가서 청심환을 끄집어냈다.

그때처럼 급하게 씹어서 삼켰다. 자꾸만 그것이 목에 걸렸다. 그때마다 얼마나 힘을 주었는지 모른다.

물을 마시고, 주차장 주변 숲을 걸었다. 이 학교에 처음 왔을 때처럼, 나무들에게 의지하고 싶었다.

나무 의자에 앉아서 양복 안주머니로 손으로 넣었다. 사직서였다. 어젯밤에 제법 긴 사직서를 준비했다. 교사로서 남은 시간을 버티지 못하고 떠나는 자의 슬픈 고백이었다. 그만큼 민식은, 그 시험 문제가 맞다고 확신하고 있었다. 소 박사가 아니라 아인슈타인이 온다고 해도 자신을 설득하지 못할 거라고. 만약 소 박사에게 설득을 당한다면, 더 이상 교사로서, 물리학자로서 자격이 없음을 인정해야 한다. 민식은 그럴 생각이었다. 깨끗하게 인정하고 물러나겠다고.

생이란 참 알 수 없다. 언젠가는 마지막이 올 거라고 생각했지만, 이렇게 예상하지 못한 시간이 닥칠 줄은 몰랐다. 오늘, 참 힘든 시간일 것이다. 소 박사도 지금까지 당신이 살아온 시간을 걸고 말할 것이다. 당연히, 절대 쉽게 물러나지 않을 것이다. 결국 둘 중에 하나가 쓰러져야만 끝나는 싸움이 될 것이다. 그래, 그럴 것이다.

"나무야, 아니 나무님. 도대체 몇 년 사셨는지 모르겠지만, 저보다 훨씬 많은 생을 사셨겠지요. 느티나무님, 갑자기 그 생각이 납니다. 저는 경기도 파주에서 태어나 충청도 금강 주변으로 이사했습니다. 제가 9살 땐가 그래요. 근데 그곳 아이들이 저를 친구로 받아 주질 않았어요. 왜 그랬냐고요? 마을 앞으로 강이 흐르는데, 한 2미터? 아뇨, 한 4미터쯤 되나? 그런 바위가 강가에 있어요. 그 바위 위로 올라가서 강물로 다이빙하라는 겁니다. 그러면 친구로 받아 주겠다고요. 그러면서 11명의 아이들이 차례로 뛰어내리는 겁니다. 일종에 통과 의례인데, 막상 거기 올라가니까 다리가 떨어지질 않아요. 결국 뛰어내리지 못했어요.

그때부터 혼자 지냈습니다. 아이들은 제가 겁쟁이라고, 친구로 받아 주질 않았어요. 저는 3년간 혼자 지냈습니다. 그 바위만 보면 두렵고, 꿈에서도 바위가 나오면 막 도망쳤어요. 그러던 어느 날 안개가 짙은 날인데, 아무도 모르게 바위에 올라갔습니다. 더 이상 혼자 지낼 수가 없었거든. 저는 죽겠다고 생각하고…… 어머니 앞으로 유서를 썼어요. 죄송하다고……. 근데 어쩔 수 없다고……. 지금이 그 심정입니다. 나는 눈을 감고 바위에서 뛰어내렸어요. 떨어지는 순간이 영원 같았어요. 막상 물속에 빠지고 내가 자맥질하는 순간 어찌나 후련하던지……. 어서 부딪히고 싶어요. 전 두렵지 않아요. 느티나무님, 어쩌면 제가 처음으로 돌아갈 수 있는 기회일지도 모릅니다. 선생님을 처음 시작하던 그때로……."

민식은 느티나무에 머리를 기대고 있다가 핸드폰이 울리는 소리를 들었다. 선다해 선생님 전화였다. 소 박사님이랑 채니 어머니가 학교에 오셨다는 것이다. 지금 교장실로 모셔서 간단하게 차를 마실 예정이니까, 시청각실에 가 있으라는 말이다.

시청각실 앞에서 박미선 선생님이 기다리고 있다가 민식을 보고 손짓했다.

아직 시간이 30분가량 남았다.

민식은 박미선 선생님을 따라 도서관 카페로 갔다. 오늘따라 아무도 없었다.

박미선 선생님은 창가에 앉자마자 A5 사이즈에 인쇄된 종이 한 장을 내밀었다.

"이거 뭔가요?"

"민식 샘, 그냥 참고하시라고요. 우리 반은 아니지만 황민이 싱가포르로 간다는 소식 들었죠?"

"예, 저한테도 문자 왔더라고요."

"그래서요. 제가 생명과학 나래 샘한테 협조를 구했는데……. 황민이 빠져나가면……. 채니 과탐 성적이 1등급으로 들어오더라고요. 모두 11명이 1등급을 받게 되는데, 채니가 전교 11등으로 1등급이 되는 거죠."

"아하, 그렇군요. 근데 그게 뭐가 중요합니까?"

민식은 박미선 선생님이 내민 A5 종이를 제대로 보지도 않았다. 채니 성적이 2등급에서 1등급으로 올라섰다는 것이 뭐가 중요하단 말인가.

"그렇기는 해요. 그래도 일단 채니 어머니한테 알리기는 할 겁니다."

"그러세요. 어쨌든 채니한테는 잘된 일이네요."

"참 서글퍼요. 이번 경우는, 나쁜 일로 황민이가 빠져나가는 건 아니지만요, 이렇게 누군가 공부 잘하는 학생이 빠져나가면 누군가가 혜택을 받는다는 현실이 씁쓸해요. 이러니 자기보다 공부 잘하는 친구가 은근히 아프기를 바라는 거죠."

민식은 더 이상 대답하지 않고 일어났다. 박미선 선생님이 주먹을 쥐어 보였다. 민식은 고개를 끄덕이면서 일어났다.

시청각실은 학생들로 가득 들어찼다.

민식은 학생들이 고마우면서도 자꾸만 헛웃음이 나왔다. 학생들은 민식을 보고 손으로 V자를 그려 보이거나 파이팅을 외쳤다. 진심으로 그들은 민식을 응원하고 있었다. 진심으로 그들은 민식을 믿고 있었다.

민식은 눈을 감았다. 그들을 믿어야 한다. 그래야만 내가 존재할 수 있다. 나는 선생님이다. 저도 모르게 중얼거렸다. 뭔가 울컥했다. 민식은 애써 가슴을 진정시켰다.

예정된 시간이 되었다. 학생들이 조용해졌다.

민식은 눈을 감고 소 박사를 기다렸다. 1초, 2초, 3초, 4초, 5초……. 1분, 2분, 3분, 4분……. 그렇게 10분이 흘렀다. 소 박사는 나타나지 않았다. 민식이 선다해 선생님을 보면서, 왜 박사님이 아직까지 오시지 않았느냐고 물었다. 선다해 선생님은 교장 선생님과 말이 길어지는 모양이라고, 조금만 기다리라고 했다. 학생들에게도 그렇게 말했다.

다시 10여 분이 흘렀다. 학생들 말소리가 커졌다.

선다해 선생님이 민식에게 다가오다가 전화를 받았다. 선다해 선생님은 한 손으로 귀를 막고 누군가랑 통화를 하더니, 천천히 다가와서 귀엣말을 하였다.

"하이고, 참 어이가 없네. 민식 샘, 다 끝났습니다."

"그게 무슨 말씀인지⋯⋯."

"미선 샘이 채니 어머니를 만나서, 이번 물리 시험 성적이 가까스로 1등급이 되었다는 말을 했답니다. 황민이가 빠져나가는 바람에, 채니가 혜택을 보게 된 것이라고요."

"그 이야기는 알고 있습니다만, 그게 오늘 일하고 무슨⋯⋯."

"채니 어머니가 소 박사님한테 그 이야기를 했답니다. 그러자 소 박사님이, 바로 그 자리에서 이렇게 말씀하시더랍니다. '아, 잘 됐네요. 그럼 굳이 물리 선생님이랑 간담회를 할 필요 없잖아요? 저는 이만 돌아가겠습니다.' 그러자 채니 어머니도 민원을 취소하겠다고 하고는 서둘러 학교를 나갔다고 하네요."

"아, 뭐라고요?"

민식은 저도 모르게 되물었다. 갑자기 맥이 풀리면서 선다해 선생님 목소리가 고막에서 윙윙거렸다. 민식은 하도 어처구니가 없어서 의자에다 등을 기댄 채 눈을 감아 버렸다.

선다해 선생님이 재빠르게 학생들을 통제하기 시작했다. 소 박사한테 개인 사정이 발생하여 오늘 간담회는 취소되었으니 어서 교실로 돌아가라는 뜻이다. 학생들은 그런 상황을 납득할 수 없다는 눈빛을 주고받으면서도 하나 둘씩 일어났다.

민식은 학생들이 다 빠져나갈 때까지 일어나지 않았다.

박미선 선생님이 걸어왔다, 너무도 잘된 일이라고 하면서 환하게 웃었다.

민식은 웃지 않았다.

그때도 날 친구로
생각해 줄 수 있니?

그동안 참으로 많은 일이 일어났다. 고작 20일이 지났을 뿐인데, 채니는 수백 년을 살아온 기분이었다. 가끔은 꿈을 꾼 것 같기도 했다. 어쨌거나 힘들었던 시간은 지나갔다.

홍응주 선생님은 우리가 이겼다고 말했다. 앞으로 가든 뒤로 가든 우리가 이긴 것은 분명하다고 하면서, 그 전리품으로 채니가 과학탐구에서 1등급을 고수했다고 덧붙였다.

채니는 모르겠다. 진짜 이긴 것인지.

현숙도 비슷한 뜻으로 말을 했다. 어쨌든 과학탐구가 1등급이니까, 목적을 달성했다는 뜻이다. 그러면서 앞으로 더 신중하게 시험에 임해야 한다고 강조했다.

"어쩌면 고등학교에 올라오자마자 이런 일을 겪은 것이 다행인지도 몰라. 이제 시험을 더 차분하고 냉정하게 준비할 수 있게 되었으니까."

그럴지도 모른다. 채니 역시 현숙의 말에 동의한다.

현숙은 소 박사에게 고맙다는 메시지를 보내라고 했다. 소 박사가 결정적인 힘이 되었다고 하는데, 채니는 그것 역시 모르겠다. 만약 황민이 아니었다면 어떻게 되었을까. 예정대로 간담회는 열렸을 것이다. 채니는 무조건 간담회가 열리기를 바라고 있었다. 현숙의 입에서 채니가 과탐 1등급이 되었다는 말이 흘러나오자마자,

"아, 잘됐네요. 그럼 굳이 물리 선생님이랑 간담회를 할 필요 없잖아요? 저는 이만 돌아가겠습니다."

하고는 급하게 학교를 떠나 버린 소 박사를 이해할 수 없다. 채니는 소 박사가 학자로서 물리 선생님을 상대하기를 바라고 있었다. 소 박사가 그 시험 문제에 하자가 있다는 것을 온 세상에 알려주기를 바라고 있었다. 당연히 물리 선생님도 모르는 물리학 이론을 통해서. 그랬어야 한다. 채니는 그런 아쉬움을 말했다.

현숙은 끝까지 소 박사를 두둔했다.

"소 박사님이라고 그런 생각을 안 했겠니? 근데, 그렇게 되면 민식 샘이 곤란해지잖아? 어쩌면 사직하실 수도 있어. 학교도 곤란해질 것이고……. 그래서 그만두신 거라고 하시더라. 나한테 따로 전화해서 그렇게 말씀하셨어."

"엄마, 진짜 그렇게 믿어도 돼요?"

"당연하지. 그렇게 믿어야지."

"그럼, 그 시험 문제는 하자가 있는 건가요, 아닌 건가요?"

"이제 그건 중요하지 않아."

"왜요? 전 그게 중요한데……. 5번이 공동 정답이라면 당당하게 1등급이 되었을 텐데……."

"이제 그건 잊자!"

현숙은 민원을 제기한 그 문제에 하자가 있는지 없는지, 그게 중요하지 않다고 했다. 홍웅주 선생님도 비슷하게 말했다. 아니, 그게 왜 중요하지 않다는 말인가. 채니는 이해할 수가 없었다. 물리 선생님은 끝내 5번을 공동 정답으로 인정하지 않았다. 그러니까 이긴 게 아니다.

채니는 소 박사한테 고맙다는 말을 할 수가 없었다. 현숙이랑 홍웅주 선생님은 우리가 이겼다고 말할 수 있어도, 소 박사는 그렇게 말해서는 안 된다고 생각했다.

카페에서 채니의 말을 듣고 있던 미담이는 긍정도 부정도 아닌 애매한 눈빛을 보였다. 채니가 아는 미담이는 명확하다. 명확하다는 것은 누군가의 눈치를 보지 않는다는 뜻이다. 그만큼 자기 소신이 확실하다는 뜻이다. 채니는 그런 미담이가 좋았는데, 오늘은 왠지 채니의 눈치를 보고 있었다.

"그래서 엄마가 계속 소 박사님한테 고맙다고 전화를 하거나 문자를 보내라고 해도, 아직 못 하고 있어."

그제야 미담이는 고개를 끄덕이면서 팥빙수를 먹었다.

채니는 새삼 미담이를 한동안 쳐다보았다. 지난 2주간 미담이 때문에 버텼다. 채니는 미담이라는 친구를 얻었다. 그만큼 미담이는 채니의 마음속으로 깊숙이 들어와 있었다.

팥빙수란 모래성처럼 쌓아 놓고 먹는 음식이다.

팥빙수를 두 개 시키는 경우는 드물다. 한 접시를 시켜놓고 서로 반대쪽에서 야금야금 허물어 가면서 떠먹는다.

채니는 상대편의 경계가 느껴지자 슬그머니 스푼을 내려놓는다. 미담이가 먼저 그 경계를 허물고 자기 쪽으로 치고 들어오기를 기다린다.

미담이도 그 경계 앞에서 슬그머니 스푼을 내려놓는다. 그러고는 불쑥 말했다.

"그분들 입장에서는, 그니까 부모님이나 학원 선생님이나 소박사님이나…… 그분들 입장에서는 그 문제에 대한 하자를 밝히는 게 목표가 아니었을 수도 있어. 그러니, 네가 1등급이 되었다는 말을 듣자마자 그냥 민원을 취소하신 거지."

"그래, 그래…… 그렇지. 맞아, 그렇구나! 그랬겠지……."

채니는 끝없이 중얼거린다.

"어쨌든 아무도 진 사람도 없이, 잘 마무리되어서 다행이야. 근데, 너 황민이랑 잘 아는 사이였다면서?"

다시 미담이가 물었다. 누군가에게 그런 말을 들은 모양이다.

채니는 대수롭지 않게 고개를 끄덕인다.

"제법 친했던 것 같아. 서로 생일도 챙기고, 늘 붙어 다녔으니까. 아마 초등학교 졸업할 때까지 친했던 것 같은데……."

"중학교 오면서 멀어졌구나? 서로 다른 중학교였나 보지?"

아니다. 황민이랑 중학교도 같이 다녔다. 그런데도 왜 멀어졌을까? 심지어 2학년 때는 같은 반이었다. 채니는 왜 황민하고 같이 한 시간을 잊으려고만 했을까. 일부러 황민을 피했으니까. 황민은 현실에서 존재하는 아이가 아니라고 생각했을 정도로.

"아냐, 같은 중학교였는데……."

"근데 왜 멀어졌어? 싸웠어?"

"아니, 그런 거 없어."

"그냥 성격 차이?"

"글쎄?"

채니는 잠깐 망설였다가 입을 열었다.

"확실하지는 않지만, 중학교에 가면서 내가 열등감 같은 것을 느낀 것 같아. 황민은 중학생이 되면서 달라졌거든. 갑자기 열공하더니, 금세 나를 추월하고, 진짜 그게 느껴지는 순간 멀어진 것 같아. 그래, 그런 것 같아."

채니는 솔직하게 말해 버렸다. 그러고는 금방 후회했다. 이렇게 솔직해도 되는 걸까. 순간적으로 당황했다. 미담이는 가만히 듣고만 있다가 한 손으로 턱을 괴고는 머리카락이 얼굴을 다 덮도록 고개만 끄덕거린다.

"그래서 황민이가 싱가포르로 간다는 말을 듣고도 맘이 편하지 않았어. 여러 가지로."

간담회가 취소되었던 그날 밤, 황민한테서 문자 메시지가 왔다.

황민: 채니야. 나 민이야. 너한테는 정식으로 알리고 싶었어. 나 곧 싱가폴로 떠나. 4년 정도 생각하지만, 그건 몰라. 더 길어질 수도. 아니 다른 나라로 갈 수도 있고. 그래서 친구들 하나하나 만나고 그러는데, 네 생각이 났어. 한 번 만났으면 좋겠지만, 그래도 이렇게 말하고 나니까 조금 편안하다. 잘 지내고, 나중에 웃으면서 반갑게 만날 수 있었으면 좋겠다. 그럼 잘 지내. 안녕!

채니는 그 문자를 받고서도 답장하지 못했다. 황민 때문에 1등급이 되었다는 사실이 더 불편했다. 황민은 채니가 민원을 제기한 이야기는 한마디도 하지 않았다. 그런데도 얼굴이 달아오르기도 했다. 괜히 소 박사님이 얼마나 원망스러웠는지 모른다.

채니는 미담이한테 그런 이야기를 하였다.

"소 박사님이 간담회를 취소하지 않았더라면, 그렇게 해서 시험 문제에 하자가 있다는 것이 밝혀졌다면, 황민 때문에 1등급이 되었다는 말도 안 들었을 것이고, 그랬다면 황민을 편안하게 만날 수도 있었을 텐데……. 일이 이렇게 되자, 황민이 더 불편해진 것도 사실이야."

채니는 지나치게 솔직했다.

미담이도 솔직한 눈빛으로 채니를 쳐다보았다.

"근데, 채니 네가 원하는 결과가 나오지 않았을 수도 있잖아? 소 박사님이 민식 샘을 납득시키지 못한 상황에서 황민이 빠진 자리에 네가 들어간다면 더 곤란해졌을 거야. 그니까, 이게 잘된 일이라는 뜻이야."

채니는 황민이 빠진 자리에 자기가 들어갔다는 말이 살짝 마음에 걸렸다.

다른 아이들도 그와 비슷한 말을 했다. 은솔이는 노골적으로 비아냥거렸다. 채니는 비아냥거리는 아이들을 맞받아칠 힘도 없었다. 그냥 될 대로 되라고 포기한 상태였다. 하지만 간담회가 취소되고 고작 사흘밖에 흐르지 않았는데도, 이제 그 일을 들먹이는 사람은 아무도 없었다.

"어쨌든 황민 때문에 내가 1등급이 된 건 사실이야. 그래서 황민이한테 몇 번이나 연락하려고 했다가……. 그렇잖아? 그렇다고 내가 뭐라고 말해? 고맙다고 해야 하나? 어째야 하나? 모르겠어. 나중에 좀 더 시간이 흐르면 그때는 편안하게 연락할 수 있을지……."

채니는 다시 팥빙수를 보았다. 얼음 가루는 적당히 팥 범벅을 뒤집어쓴 채 아직도 불룩하게 쌓여 있다. 정말 절묘하게 양쪽에서 파먹고 가운데 경계선만 남은 상태다. 아무도 그 경계를 먼저 건드리지 않았다.

다음 주 토요일이 미담이 생일이다. 채니가 그날을 얼마나 기다리고 있는지 미담이는 알까? 미담이에게 특별한 선물을 주고 싶다. 미담이랑 소울메이트가 되고 싶다는 고백이 담긴 손 편지도 날마다 조금씩 쓰고 있다. 대학에 가서도 만날 수 있는 친구, 어른이 되어도 만날 수 있는 친구. 그런 영원함을 말하고 싶다.

채니는 이미 미담이한테 하루 일과를 다 까발릴 만큼 가까워져 있다고 확신했다.

그날, 민원을 제기한 그 문제를 두고 학생들 사이에서 토론이 벌어지던 날이 떠오르면 아직도 채니는 속이 불편해진다. 물리 선생님은 채니한테 직접 그 문제가 왜 이상한지, 왜 5번도 공동 정답이라고 생각하는지 학생들 앞에서 말하라고 했다. 선생님은 채니한테 정당한 반론권을 준 셈이다. 채니는 그 시간을 이용하여, 그 문제에 대한 아쉬움을 충분히 이야기할 수 있었다. 하지만 채니는 한마디도 할 자신이 없었다. 채니 마음속에서는 5번이 공동 정답이라는 논리가 조금도 남아 있지 않은 상태였다. 그러니 말을 할 수가 없었다. 그러자 몸이 힘들다고 반응했고, 채니는 비겁하게도 그 자리를 피해 버린 것이다.

채니가 없는 자리에서 물리 선생님을 비롯하여 학생들과 맞서 싸운 것은 미담이었다. 미담이는 선생님에게 비겁하다고 말했고,

196

다른 학생들에게도 채니를 공격하지 말라고 설득했다. 채니는 진심으로 5번을 공동 정답으로 생각하고 있다고 하면서. 그 말 때문인지 학생들은 더 이상 채니를 공격하지 않았다.

그날, 채니는 처음으로 친구라는 말을 정의할 수 있었다. 친구란, 내가 아주 곤경에 처해 있을 때 무조건 나를 믿고, 나를 지지해 주고, 내 편이 될 수 있는 사람이라고. 미담이가 그런 상황에 처한다면, 나 역시 무조건 그녀의 편이 될 것이라고. 옳고 그름은 전혀 중요한 게 아니라고 생각했다.

채니는 그런 생각을 하면서 턱을 낮추고 미담이를 보았다.

"미담아, 그동안 진짜 고마웠어. 그래서 말이야, 진짜 너랑 친해지고 싶어. 소울메이트……. 나 그 말, 요즘 자주 생각해. 그런 친구가 될 수 있을지 어쩔지 몰라도, 난 너랑 그렇게 될 수 있다고 생각해."

채니는 그 말을 하면서 괜히 얼굴이 달아올랐다. 이건 뭐지? 첫사랑 고백하는 것도 아니고. 미담이는 가만히 있었다. 채니는 그동안 미담이 때문에 고마웠던 일들을 하나하나 떠올렸다. 그러면서 자기 성격에 대한 이야기를 했다. 비사회적이고, 혼자서도 잘 놀지만, 친구들끼리 잘 노는 걸 보면 늘 부러워하는 아이.

채니의 이야기가 바닥날 때까지 듣고 있던 미담이가 입을 열기 시작하자 주변이 갑자기 시끄러워졌다. 등산복 차림의 할아버지 할머니 들이 바로 옆자리에 앉았고, 그분들은 주변을 의식하지 않고 큰 소리로 말했다. 그게 오히려 채니를 편안하게 해 주었다.

미담이는 채니 입 모양만 보고 있었다. 그러다가 입을 열었다. 미담이답지 않게 낮은 목소리였다. 워낙 옆에서 떠드는 소리가 커서 그렇게 들렸을 수도 있다. 그래도 채니는 전혀 불편하지 않았다. 오히려 더 미담이 목소리가 또렷하게 들렸다. 그만큼 둘은 서로에게 집중하고 있었다.

"고마워. 넌 좋은 친구야, 이미 우린 그렇잖아?"

"그치, 그래, 그래."

"난 딱 이만큼, 채니 너랑 친하고 싶어."

"그게, 그게 무슨?"

"난, 더 가까워지는 거 두려워."

그때부터 채니는 입을 다물었다. 아니, 입이 굳어 버렸다. 미담이 목소리는 다른 차원의 세상에서 흘러나오는 것 같았다.

"그냥 이 정도로만……. 너랑 더 친해졌다가 주정진 언니처럼 될까 봐 두려워. 물론 넌 그렇지 않을 거야. 근데, 주정진 언니가 그러더라. 그건 장담할 수 없대. 이런 시간이, 이런 세상이, 1점 때문에 한 교실에서 서로 다투는 이런 연극이……. 언니는 연극이라고 했어. 그런 연극이, 친구를 배신하게 만드는 거래. 저 친구만 깎아내리면, 저 친구만 사라지면, 저 친구만 제압하면 내가 훨씬 유리한 고지에 올라서는데……. 사실 언니도 그런 충동 엄청 느꼈대. 그래서 자기를 배신한 한시안 언니를 이제 미워하지 않는대. 근데 더 이상 친구를 사귀지 못할 것 같대. 그 언니들도 소울메이트 하자고…… 중학교 때 그랬대. 고1 때까지 그렇게 지냈대. 근데, 주정진 언니 성적이 점점 좋아지자 그때부터 한시안 언니가 조금씩 멀어지더래. 채니야, 너도 그럴 거잖아? 황민이랑도 그랬다면서? 아까 네 말 들으면서 나 진짜 무서웠어. 만약에 내가 공부 잘해서 의대 간다고 한다면, 그때도, 너 지금처럼 날 친구로 생각할 수 있니? 솔직하게 말해 봐."

채니는 대답해야 한다고 입을 움직였다. 한마디도 나오지 않았다. 저도 모르게 손톱만 물어뜯고 있었다. 예전에는 그랬을지 모르지만 지금은 아니라고 말하고 싶었다. 그 말이 나오지 않았다.

"아마도 우린 멀어질 거야. 너랑 내가 어른이 될 때까지 소울메이트가 되려면, 난 항상 이 자리에 머물러야 할 거야. 근데, 나도 공부 잘하고 싶거든. 아직 성과는 안 나타나지만 나도 엄청 노력하거든. 나도 성적 잘 받아서 너처럼 의대 가고 싶거든. 꿈같은 이야기지만, 내가 불쑥 성적이 올라서 널 추월한다면, 그때도 너 날 친구로 생각할 수 있어? 아마 반대로, 내가 너라고 해도……. 솔직히 나도 한시안 언니처럼 할 거야. 그게 두려운 거야. 그래서……."

미담이는 눈시울까지 붉어져 있었다.

채니는 끝내 한마디도 하지 못했다.

얼마나 시간이 흘렀는지 모른다. 이제 팥빙수는 경계를 알 수 없을 만큼 녹아 버렸나.

채니는 카페를 나와서도 자신의 무게를 느낄 수가 없었다. 하늘에서는 하염없이 뜨거운 햇살이 쏟아지고 있었다. 채니는 불현듯 뒤를 돌아다보았다. 누군가 따라오는지 확인하는 게 아니었다. 자신에게 그림자가 있는지 확인하고 싶었다. 자기 몸이 유령 같았기 때문이다. 채니는 이런 느낌을 받을 때가 많았다. 다른 아이들에게 물어 보고 싶다. 너희들도 그러니? 내 몸이 유령 같다고 생각이 들 때가 있니? 미담에게도 물어 보고 싶다. 아직도 미담이는 카페에 남아 있다. 미담이는 채니한테 먼저 나가라고 했다. 그리고 딱 예전만큼 그렇게 지내자고 했다. 미담이는 그렇게 할 자신이 있다고 하면서, 은근히 채니를 걱정했다. 채니도 그럴 자신이 있다고 말했지만, 솔직히 그럴 자신이 없다. 이제 어떻게 버텨야 하나?

학원 사거리 쪽으로 오다가 유난히도 반짝거리는 전광판을 보았다. 평소엔 학생들이 부러워하는 유명한 배우의 화장품 광고가 아른거렸는데, 오늘은 뉴스가 나오고 있었다. 러시아와 우크라이나 전쟁 소식, 북한이 장거리 미사일 두 발을 발사했다는 소식, 그리고 조금 전에 학교 옥상에서 투신자살한 여고생 소식이……. 채니는 급하게 눈을 돌린다. 자꾸만 전광판에 자기 얼굴이 나올 것만 같다. 채니는 한동안 가로수에 몸을 기댄 채 머리가 떨어지도록 흔들어 댄다. 자살 소식이 좀처럼 사라지지 않는다. 나한테 어쩌라고? 그래서 나한테 어쩌라고! 그렇게 소리치고 싶다.

그때 누군가 채니 어깨를 툭 친다. 화들짝 놀라 눈을 뜬다. 이게 꿈인가? 물리 선생님이다. 선생님이 바로 앞에서 웃고 있다.

"오채니, 왜 그러니? 어디 아파?"

"아, 샘. 안녕하세요?"

"지나가다가 너 같아서……."

채니는 물리 선생님을 똑바로 쳐다볼 수 없다. 몇 번이나 찾아가고 싶었다. 그냥 그러고 싶었다. 현숙이나 홍웅주 선생님은 절대 그렇게 하면 안 된다고 했다. 그래서 가지 않았다.

참 어이가 없다. 물리 선생님을 보자 눈물이 툭 터진다. 진짜 무슨 씨앗 주머니가 터진 것 같다. 채니는 고개를 숙인다. 선생님은 가만히 있다가

"야, 넌 좋겠다. 아무 때나 울 수 있어서……. 사실 어른도 그래야 하는데 말야. 어른이라는 존재는 이런저런 눈치 보다가 그러지 못한단 말야."

그렇게 투덜거리자 괜히 또 웃음이 나온다.

"전 어른이 되어서도 울고 싶을 때 울 거예요."

"제발 그래라. 이제 괜찮지?"

채니는 그 말이 무슨 뜻인지 안다.

"샘도요? 샘, 죄송해요. 그냥, 그냥, 그냥…… 정말 죄송……."

물리 선생님이 채니 어깨를 툭 치고는 앞장서서 걷는다. 가방

이 땅에 닿을 것만 같다. 이 세상 모든 중력이 선생님 가방을 집중 공략 하는 건가? 선생님은 그 가방을 양옆으로 흔들어 댄다.

"오채니, 꼭 의사 돼라. 그래야 내가 너한테 찾아가서 치료 받지? 나 늙었을 때, 제자가 의사라면 얼마나 좋겠니? 네가 내 엉덩이 손바닥으로 내리치면서 따끔하게 주사 놔 주고, 아주 쓰디쓴 약도 주고 그래라. 그 융통성 없는 물리 선생님 때문에 얼마나 힘들었는지 아냐고 따끔하게 주사 놔 주면서 소리쳐도 되고……. 허허허, 나 치료해 줄 거지?"

"그럼요. 샘."

채니는 물리 선생님 그림자를 밟아간다.

"샘, 근데 막막하네요. 앞으로 남은 시간을……. 이제 고작 중간고사 한 번밖에 안 봤는데, 1학년 2학기, 2학년, 3학년 그리고 수능까지……. 그냥 막막하네요."

"나도 막막하단다. 퇴직하려면 아직도 5년, 아니 6년을 버텨야 하는데……. 살아간다는 것은 막막함 속으로 걸어가는 것이란다. 학원 가지? 늦겠다! 어서 가라!"

선생님이 돌아서서 손을 흔들었다.

채니는 멈칫했다가 고개를 숙였다.

선생님 돌아섰다. 채니는 저도 모르게 소리쳤다.

"샘!"

또 눈물이 돌았다.

"샘, 한번 찾아갈게요!"

"언제든! 엽떡 사 줄게!"

그걸 잊지 않고 있다니! 지난 3월 물리 선생님이랑 느티나무 밑에서 잠깐 만난 적이 있었다. 채니가 물리를 좋아한다고 하자, 선생님은 고맙다고 했다. 그러면서 무슨 음식을 좋아하냐고 물었다. 채니가 엽기 떡볶이라고 하자, 언제 한번 같이 먹자고 했던 기억이 난다.

채니는 선생님이 눈시울 문지르는 것을 보았다.

선생님은 돌아보지 않았다.

작가의 말

저는 학생들에게 꿈에 대한 이야기를 가장 많이 합니다. 학생들도 학창 시절에 제 꿈이 무엇이었는지 가장 궁금해합니다. 그때마다 저는 솔직하게 대답합니다. 제 꿈은 작가가 아니라 선생님이었다고요.

저는 학창 시절에 한 번도 선생님의 따뜻한 손길을 받아 본 적이 없습니다. 그렇다고 모난 학생도 아니었습니다. 말썽을 부리지도 않았습니다. 그럼 성적이 어땠냐고요? 맞아요. 예나 지금이나 학교는 아이들을 성적으로 평가하니까요. 저는 성적이 좋은 편이 아니었고, 그러니 선생님들의 눈에 들어오지 않았겠지요.

이런 일도 있었습니다. 중학교 3학년 가을이었는데, 학교 운동장에서 담임 선생님을 만났어요. 제가 인사를 했지요. 역사 선생님이었던 그분은 저를 알아보지 못하고 몇 반 누구냐고 묻더군요. 다시 말하지만, 그분은 제 담임 선생님이었습니다. 저라는 존재가 그 자리에서 모래알처럼 흩어지는 것 같았습니다.

그날 저는 다짐했습니다. 선생님이 되겠다고요. 그래서 공부 잘하는 아이뿐만 아니라 나같이 공부도 못하고 존재감 없는 아이들도 챙겨 주는 선생님이 되겠다고요. 그렇게 복수를 하겠다고요.

아쉽게도 저는 선생님이 되지 못했습니다. 그런 허탈감에 방황하다가 작가가 되었을 때 얼마나 기뻤는지 모릅니다. 선생님이 되어서 위로해 주고 싶었던 아이들 이야기를 제가 직접 쓰면 되니까요. 글이란 누군가의 이야기를 들어주는 행위이니까요. 어쩌면 그것이야말로 더 큰 위로가 될 수도 있잖아요?

제 강연을 들은 선생님들은 어떤 식으로든 말을 걸어옵니다. 저를 태우고 역이나 터미널로 이동하는 차 안에서 조심스럽게 입을 연 선생님들은 삽시간에 고해성사에 가까운 말을 쏟아 냅니다. 저는 슬그머니 승차권을 보면서 커피 한잔하자고 제안합니다. 그때부터 그 선생님이 살아온 시간을 듣는 겁니다. 그러다가 울먹울먹하시는 선생님도 있습니다. 선생님이라는 이상과 현실 사이에서 힘들어하는 거지요. 아이들을 가르치면서 겪게 되는 온갖 문제들, 그리고 학부모들의 민원에 치여 점점 작아지는 선생님의 모습을 한탄하는 이야기들……. 저는 그저 들어만 줄 뿐 그 어떤 위로도 하지 못합니다. 위로는커녕, 오히려 이렇게 말한답니다.

"헤헤헤, 힘드시겠어요. 그래도 힘내십시오. 아무리 세상이 변했다고 해도 선생님 역할은 줄어들지 않잖아요? 인간은 태어나서 어른이 될 때까지 대부분의 시간을 학교에서 보내잖아요? 그러니 선생님이 역할이 절대적이라고요. 아이들을 더 지지해 주고, 믿어 주고, 그들이 따뜻한 세상을 볼 수 있도록 창이 되어 주시기를 바랍니다."

아무튼 그런 날은 괜히 먹먹해지고, 집에 돌아오면 누군가에게 하소연하기 마련입니다. 저는 학교에서 아이들을 가르치는 지인들에게 카톡으로 그런 이야기를 합니다. 그러자 한 선생님이 통화 좀 하고 싶다고 연락이 왔습니다. 저는 몇 시간 동안 그 선생님의 이야기를 들어주었고, 며칠 뒤에는 직접 만나서 더 구체적인 이야기를 들었습니다.

이 책은 바로 그 선생님의 이야기입니다.

그리고 1점 때문에 친한 친구조차 밟고 지나가야 하는 요즘 학생들의 서글픈 비망록입니다.

이 소설은 요즘 사회적인 문제 때문에 태어난 게 아닙니다. 저는 이 소설을 재작년 봄부터 시작하였으니까요. 그러다가 학부모들의 갑질이 사회문제로 떠오르는 걸 보고 오히려 더 힘들어지기도 했습니다. 문학이 어떤 답을 주는 것은 아니지만, 괜히 더 마음이 무거워졌으니까요.

어쨌든 추운 겨울에 이 이야기를 세상으로 내보냅니다.

선생님들에게, 그리고 학생들에게 작은 위로가 되었으면 좋겠습니다. 차갑지만 차갑게 느껴지지 않고, 아무리 보아도 신비롭게 느껴지는 하얀 눈처럼 말입니다.

유독 까탈스럽고도 추운 2024년 초입

이상권

1점 때문에

© 이상권, 2024

초판 1쇄 발행일 | 2024년 2월 15일
초판 2쇄 발행일 | 2024년 6월 14일

지은이 | 이상권
펴낸이 | 정은영
편 집 | 최찬미 방지민
디자인 | 이도이
마케팅 | 최금순 이언영 연병선 최문실 윤선애
제 작 | 홍동근

펴낸곳 | (주)자음과모음
출판등록 | 2001년 11월 28일 제2001-000259호
주 소 | 10881 경기도 파주시 회동길 325-20
전 화 | 편집부 (02)324-2347, 경영지원부 (02)325-6047
팩 스 | 편집부 (02)324-2348, 경영지원부 (02)2648-1311
이메일 | jamoteen@jamobook.com

ISBN 978-89-544-4999-1 (43810)